中公文庫

歴史を応用する力

宮城谷昌光

歴史を応用する力　目次

歴史を応用する力

第一章　光武帝・劉秀と呉漢

●はじめに

まず、私の小説である『草原の風』と『呉漢(ごかん)』についてお話しするまえに、中国の歴史をおさらいしたい。

後漢という時代はどういう流れで成立したかということは、中国の歴史に詳しいかたはよくご存じでしょうが、復習のために、後漢王朝までを簡単にふりかえってみましょう。

紀元前は、何年までさかのぼれるのかということは、よくわかっていません。いろいろな学説があるので、一概にどれが正しいとはいえないのですが、これからお話しする年代は、現在、中国の統一見解としてまとめられている年号です。日本の場合はどうなっているかわかりませんが、中国の見解だけを申し上げておきます。

まず、夏(か)王朝という王朝ができます。

これは紀元前二〇七〇年から、ということになっています。

この夏王朝の人々がどういう民族だったかについては、なかなかむずかしいのですが、夏王朝の伝説の地をたどっていくと、羌族といわれる遊牧民族の足跡に重なるところがけっこうあるのです。

このことを考えると、夏王朝は、定住民族ではなく、遊牧民族の王朝であった可能性があります。なぜなら、遷都がかなり多いのです。そのことから、移動型の生活をする遊牧民族の王朝だったのではないだろうか、と思いますが、それは私の仮説でして、専門家のかたがたのしっかりした論文をお読みになると異なった意見をお知りになれるでしょう。

つぎに、商王朝が続きます。

商は、日本では相変わらず殷といっております。殷は、さかん、と読みます。たいそうにぎわっていることをいうのに、「殷賑をきわめる」ということばもありますね。ところが、中国の歴史書や教科書は、商という王朝名で統一されており、殷ということばはつかっておりません。なぜなら、本来は商王朝というのが正しく、殷というのは商王朝を滅ぼした民族が侮蔑的につかった名称であるという説があるからです。

したがって、商王朝とよぶほうがよいと、私は思いますけれども、日本の事典や教科書では、相変わらず殷となっていることが多いのです。

商王朝の成立年代に関しては、ぞんがい意見が一致しておりまして、紀元前一六〇〇年からということになっています。商王朝を樹てたのは湯王です。

私は、この湯王のことを『天空の舟』という小説に書きました。私にとっては、愛着を感じる王朝です。今の文字、漢字の元を作ったのは、商王朝だろうといわれております。

私はみなさんを古代史にお誘いする気は……やっぱりあるんですけれども、この王朝が漢字を作ってくれたおかげでいろいろなことがわかるのです。甲骨文字を残してくれた商王朝の人たちが、どこから来た民族かということは、はっきりとはわかっていません。もしこのことがわかれば、すぐれた業績になるでしょう。一度、東大の教授にうかがったことがありますが、優秀な学者のかたでもやはり、わからない、とおっしゃっていました。

この民族について知るための一つのヒントは、白い色が好きだった、ということでしょう。白が好きだということは、南から北へ上ってきた民族ではないかと、私は思います。南方の人の服装の色が明るく、北方の人のそれは暗いということから発想したにすぎず根拠はありません。私の勘ですね。そして、稲を水で育てる水稲(すいとう)の技術をもって北上してきたのではないかという気がしています。

この王朝の最後の王は、日本では「殷の紂王(ちゅうおう)」と呼ばれ、悪王とされていますが、私はそうは思わなかったので、『王家の風日』という小説のなかではそういうふうに描きませんでした。

たとえば、「酒池肉林」ということばをつかって紂王の悪辣(あくらつ)さを表現することがあるのですが、酒池肉林というのは、王の快楽のために肉を吊(つ)るして、裸の女性を肉の林のあいだを走らせたりすることではなく、先祖を楽しませるための「祭祀」を表現しているものだと解釈しました。小説のなかでは通説に反駁(はんばく)するつもりで書きました。

紂王が滅んだ年代は、歴史書では曖昧(あいまい)で、むずかしかったのですが、ついに中国から統一見解がでて、紀元前一〇四六年に商王朝が滅び、周(しゅう)王朝が樹ったということになりました。革命の成立は紀元前一〇五〇年前後だろうな、と私も思っておりましたので、それは納得できる数字でした。

三十代の私が『王家の風日』を書きはじめたころは、周王朝がいつ成立したかということに関してたくさんの学説があり、前一一〇〇年といわれたり、前一〇〇〇年とされたりし、それぞれの学説に一〇〇年くらいのひらきがありました。長い間、それほどわからなかったのです。天文学的な計算をした結果、中国で紀元前一〇四六年という結論がでたのだと思います。

ここがわからなくては、この後がまったくわからなくなってしまいますし、この王朝は非常に重要な王朝なので、この紀元前一〇四六年という数字を憶えておいてください。

つぎの周王朝は、八百年ほど延々と続きます。この長さは、空前絶後かもしれません。あまりにも長いので、前半を西周王朝、その後、首都が東に遷り、後半を東周王朝とよんで、周の時代を半分に分けて考えています。

一番重要なのは、東に首都が遷ってから東周王朝が滅ぶまでの約五百年間です。

それを二つに分けて、前半を春秋時代、後半を戦国時代と呼んでいます。春秋時代というのは、孔子の『春秋』という歴史書が関わったので、便宜的にそう呼んでいますが、実のところ東周はすべて「戦国時代」です。

その戦国時代が終わるのが、紀元前二二一年です。秦の始皇帝が全国統一を成し遂げると同時に、始皇帝の時代が始まる、と憶えておいていただければよいでしょう。しかしながらこの王朝は短命でした。劉邦という英雄がでて、項羽というもう一人の英雄を倒し、漢王朝をつくります。これが紀元前二〇二年です。

その後、ようやく前漢の時代になります。

紀元後八年まで前漢の王朝はつながり、紀元後九年に新の王莽の名がでます。かれは『草原の風』や『呉漢』という私の小説の中に必ずでてくる皇帝ですが、要するにまえの王朝を簒奪したため、たいそう評判の悪い人です。王莽が新王朝を樹てたのが、紀元後九年です。これ以後、短命で終わる王朝が続き、ようやく紀元後二五年に光武帝が後漢王朝を打ち立て、建武元年となります。

建武という年号は、日本語的に読むと「けんむ」となるらしいのです。しかし、私は小説のなかではあえて「けんぶ」とルビをふりました。武を建てるのですから、「けんぶ」と読まなくてはおかしいと思うのですが、日本史では「建武の中興」と習うので、学者の中にも「けんむ」とお読みになるかたがいらっしゃるようです。

武という漢字は、当時と現在とでは解釈が異なります。

後漢時代、中国で『説文解字』という辞書が生まれました。これは、中国における最初の辞典です。そのなかに「武」についての解釈が書かれています。『説文解字』の解釈によると、武という文字は、戈という文字の下に、止めると書くので、戈を止める、と考えます。はっきりいえば戈を止めて、戦争をやめる、ということです。

そこで、気がついたことがあるのです。

それは、日本の戦国期、室町時代の終わりころ、尾張に織田信長という武将がでます。ご存じのとおりかれは、「天下布武」をスローガンに掲げます。天下に武を布く、といえば、あの信長のことだから、「武力で天下を平定する」という意味だろうと思われるかもしれません。

しかし当時、信長のブレーンとしてついていた学僧は、中国的な教養をもっていたはずですから、武ということばの解釈は『説文解字』に拠っていたとしか考えられないのです。

そう考えると、信長が画いた「天下布武」というのは、「武力で天下を平定する」

ということではなく、逆に「天下に平和を布く」という決意の表れだと解釈するほうが正しいのではないでしょうか。

建武というのも、やはり「平和を建てる」という意味ではないかと私は思います。

ついでに申し上げますと、これは白川静先生の説ですが、「武」という文字は、「戈を持って前進すること」という意味をもつそうです。止(し)は、象形文字的に読むと、前進する象(かたち)なのだそうです。戈をとって進むことが「武」というのは、昔とはずいぶん解釈が異なります。

●劉秀と「白衣の老人」

さて、後漢建国までの流れをざっと観てきました。

紀元後二五年、後漢王朝が草創(そうそう)され、建武元年となりますが、ここまでくるのに劉秀(りゅうしゅう)という人はほんとうに苦労しました。

私が三十代のころ、小説を書きたいと思って独りで中国の古典を学んでいたときに、「古典を絡(から)めて、日本の経済や経営の助けになるような話を書いてほしい」という依頼がありました。

歴史的に何かを成し遂げた人と、経済人や創業者、起業家のかたがたの生きかたとを絡ませた話なら書けるかもしれないと思ったのですが、その時にはまだ、経済人や起業家のことなどなにも知りませんでした。それまで一生懸命小説を読んできて、歴史的な話や古典のことはなんとかなりそうでしたが、起業家のかたや、今の大会社の社長が誰で、その人にどんな功績があるか、ということについては、ほとんど知識がありませんでした。

知っていたのは、松下幸之助さんのような有名なかたの名だけで、小さな工場から松下電器を創ったというような一般的なことを記憶している程度でしたので、日本経済新聞の連載「私の履歴書」をまとめた書籍を読んで勉強を始めました。皆さんはよくご存じだと思いますが、これは企業人がお書きになった自伝のようなもので、当時は、『私の履歴書　経済人』（全二十四巻、日本経済新聞社、一九八〇年―一九八七年）、『私の履歴書　昭和の経営者群像』（全十巻、日本経済新聞社、一九九二年）にまとめられていました。

読みはじめて、衝撃を受けました。『私の履歴書』には、私が知らないことばかり書かれていました。どうしてそういう会社を創ったのか、そしてどうやってその会社を大きく成長させたのかということを、創業者本人が書いてくれているわけですから、これほどわかりやすいことはありません。

『私の履歴書』がおもしろかったので、ほかの財界人の自叙伝などを捜して読みました。それらの本のなかで語られる創業者のかたたちがもっている力のすごさというのは、文学から感じ取れるそれとはケタが違いました。なかでも、さきほど申し上げた松下幸之助さんや西武の堤康次郎さん、阪急の小林一三（こばやしいちぞう）さんが、強く印象に残っています。

とくに小林一三さんのエピソードからは強烈な印象を受けました。

もともと私が勤めていた会社は、小林一三さんと関係があったらしく、社長は小林一三さんの崇拝者でした。小林さんの逸話をよく話してくれましたが、それを聞いて、「失敗」などというものは、創業者の人生のなかに、しょっちゅう起こるものなのだということがよくわかりました。失敗などは、あの人たちにとっては、物の数にもはいらない。失敗しても、はい上がっていく力が尋常ではなく、かえってそれがエネルギーになっているところがあって、「一度や二度の失敗くらいで、くじけるものか」という、すさまじい意志を感じました。

それに比べて文学は甘いなあ、と思いました。この創業者の人たちの堅忍不抜に比べたら、自分はなんと生ぬるいことをやっているんだろうとさえ感じたくらいです。

財界人の回顧録などを読み通し、そこから、いろいろなことを学びました。

小林一三さんだったと記憶しているのですが、幽霊をみたという逸話がありました。「怖かった」という話ではなく、「幽霊をみた人は偉くなる」という話なのです。私がこの話をすんなりと受け入れられたのは、幽霊を信じていたからではありません。「名を成す人の身には、かならずなにか不思議なことが起こる」ということを、中国の歴史を勉強していくなかで感じていたからです。

なかでも、一番印象的だったのは、光武帝の話でした。

劉秀は、王莽の圧政に叛旗を翻して兄とともに挙兵し、天下統一を目指して、各地を転戦します。その革命の途上で、同族の更始帝から、河北、つまり中国の冀州と幽州の平定を任されます。最初は順調だった河北平定ですが、突然、冀州の邯鄲で前漢王朝の皇帝・成帝の子だと自称する王郎という男が、天子として擁立されます。それによって、冀州と幽州が動揺し、せっかく平定した土地が全部、王郎側になびいてしまいます。この二つの州をあわせると、日本よりも大きい。いままで順調だった河北平定は一気に暗転し、劉秀は危機に直面するのです。劉秀に味方をしてくれる人はほとんどいなくなり、窮地に追い込まれたかれは、冬の極寒のなか、腹をすかせて南下するのです。

ここは私が大好きな箇所です。単純に大好きというか、若いころ、自分自身もつらく追いつめられるような生活を経験していたこともあって、劉秀に同情したのだと思います。

劉秀はどこへいっても敵ばかりという状況に陥ります。しかも厳冬のなか、進むこともままならず、万策尽きてしまうのです。

そのとき、かれはひとりの人物に出会います。

『後漢書』には、「白衣の老父」と書かれてありますが、その人が唐突に出現します。

この白衣の老人は劉秀に、

「努力せよ」

と言い、続けて、

「ここから八十里ほど離れた信都に行きなさい。信都の太守は、王郎側ではなく、更始帝側の味方だから」

と、教えるのです。

この「努力せよ」ということばを、私は一生忘れることができません。努力ということばは、「一生懸命やりなさい」と訳せるでしょう。しかし漢文で「努力」と書いてある場合は、ニュアンスがすこしちがって「頑張れ」ということばにあたるのではないでしょうか。

私が小説家として立つまえにこの箇所を読んだとき、「ああ、これだ」と思いました。懸命になにかをやり遂げようとしているのに、窮地に陥り、どうしようもなくなった時、一度は白衣の老人がでてきてくれて、「そちらへ行きなさい」と、救いの道をゆびさしてくれるのではないか、と感じたのです。

このことは私自身の人生の指針になりました。「白衣の老父」を信じて、中国の歴史を小説にするという、おそらくだれもやらないようなことをここまでやってきました。その白衣の老人の話はどんなときも頭の片隅から離れませんでした。

この光武帝の話を読んだのはいったいどの書物だっただろうと、もう一度確認をしました。光武帝のことが書いてあるのは前述の『後漢書』という歴史書なのですが、当時私は『後漢書』を読みこなすだけの漢文力がありませんでした。調べてみましたら曾先之の『十八史略』という本で読んだことがわかりました。

この本は、みなさんにおすすめしたい。司馬遷の『史記』から、『続資治通鑑』までの十八史すべてを要約し、編年体で綴られた歴史書なのです。ですから中国のことに詳しくないかたが、中国の歴史を生に近い形で知りたいと思われたときには、この『十八史略』をお読みになるのが一番早いと思います。

ただし、リライトしていますので、ニュアンスがすこし異なっている箇所がありますが、原文を尊重しているので、それをそのまま読んだような読後感をもつことができます。

●書きたかった光武帝

そうした非常に印象深い逸話をもつ光武帝・劉秀を小説に書きたいと、どれほど思っていたかしれません。しかし、『後漢書』を原文で読まなくてはならないという作業がなかなか困難で、さきに『三国志』にとりかかることになってしまいました。後漢時代を飛び越え、あとの時代の小説を書きはじめてしまったので、「もうこれで光武帝は一生書けないかもしれない」と思っていたのですが、やはり劉秀が書きたいという思いが抑えられず、とうとう『草原の風』という小説を書くことになりました。

光武帝・劉秀は、天下を統一し、皇帝になってから、むごいことをほとんどしない人でした。中国史上の皇帝は、天下統一をはたすと、臣下に対してむごさをみせる人が多いのです。けれどもこの人だけは、それをしませんでした。

『後漢書』を読んで、私とは違う感情を抱かれるかたもいるかもしれません。臣下に規律を求めず、何をしてもいいよ、といった人ではありませんから。行政面的には厳しい処断を下しますし、行政官、行政大臣にはそうとうにきついおしおきもしております。しかし、過去の武における功績者に関しては、なんらそうした厳しい処置はしない。どんなにずるく手こずる狐や兎でも、狩りで仕留めてしまえば、猟犬はもう必要ない、人はそういうふうに思いがちです。けれども、狩りを終えたあとも、猟犬を虐(しいた)げず、粗末にしない。そのような臣下に対するありかたには、じつは大変なむずかしさがあると思うのです。

劉秀に惹かれた最大の理由は、人をほんとうに赦(ゆる)す、という事実があったからです。私は日本の歴史小説も書きましたから、人が人を赦すむずかしさが、とてもよくわかるのです。

新潮社から『風は山河より』『新三河物語』という二編の日本の歴史小説を刊行させてもらったとき、私は徹底的に徳川家康について資料を読み、そこからその人物像をさぐりました。

家康という人は、細かいことについての記憶がきわめて優れていて、臣下のどんなささいなことでもよく憶えているのです。ちょっとした恨みは、ちょっとしたことで返す。大きい恨みは、大きく返す。その度合いが絶妙で、報恩と報復が本当に的確なのです。

それに比べて、光武帝はなぜ、人を赦し、恨みを返さないのか。

一番感心したのは、皇帝に即位したあと、兄の劉縯(りゅうえん)を殺した相手を赦したことです。赦しただけではなく、高い爵位を与えて、王朝のために活躍させようとします。これができる人というのは、そうはいないでしょう。劉秀はそうした不思議さをもっている皇帝です。

劉秀には三つ、名言があります。これを聞いていただければ、劉秀がどういう人かがよくわかると思います。

ひとつ目は、銅馬（どうば）という巨大な勢力をもつ賊をくだしたとき、劉秀は、かれらを殺すどころか、高位に取り立てます。賊のほうが驚いてしまって、「そんなことは絶対に嘘だ、信用できるか」といいます。ところが劉秀は、銅馬軍の処にみずから出向いていき、単騎軽装で一人一人と会い、慰撫（いぶ）します。「私が、劉秀だよ」と、自身をみせてまわったのです。

それを見た銅馬の族人たちは感動して、この人は真心をみせ、身をさらして、われらを信用してくれた、といいます。これが、

「赤心を推（お）して人の腹中に置く」

という名言になります。そして、ここまでしてくれる人のために、死んでも尽くそう、ということになります。ここは本当に小説を書いていても泣けるような場面でした。

ふたつ目は「勁草（けいそう）」です。勁（つよ）い草という意味です。これは、

「疾風にして勁草を知る」

という成語にもなっています。

疾風というのは激しい風です。烈風といってもいいでしょう。勁草については、勁草書房という出版社もありますから、みなさんもご存じかもしれません。この社名も、この成語からきているのではないかと思います。

これは「王覇伝」にでてくる話ですが、さきほどお話ししましたとおり、劉秀が河北に遠征し、苦境に陥った時、昔からしたがってきた家臣の多くが脱落してしまうのです。その時、光武帝は、ここまでしたがってきた王覇という臣下にたいして、

「激しい風が吹いて初めてどの草が強いかわかる」

といっています。草はいろいろあるけれども、激しい風が吹かなければ、強い草はわからない。臣下の中でも辛い目にあって、はじめて、勁草である臣下がわかる。これは名言であり、私が好きなことばです。

最後は、

「望蜀」

です。蜀の国を望むということですね。これは、正確にいえば、

「隴を得て蜀を望む」

です。隴は国名だと思っていただいてけっこうです。

隴という国を手に入れたけれども、つぎに蜀の国が欲しい、といったことを、一言で「望蜀」ともいいます。隴ほど広い国を得たのに、さらに蜀が欲しい――。人間の欲望にはきりがないものだ、という話を劉秀は臣下に手紙で書きます。そういう率直さ、これはユーモアに近いものだと、私は思います。

三つのうち、一つは、降伏した賊のことばですが、この三つの名言から劉秀がどういう人間か、ということがわかっていただけるでしょう。このような皇帝は、以後、二度と出てきません。


余談になりますが、邯鄲で成帝の子だといつわって、王郎という男が立ったと申し上げました。成帝の子である、ということだけで、州を挙げて王郎を支持するようになるのですが、なぜ成帝の子であることが、多くの人々を惹きつけたのかを、小説のなかで書き尽くしていないことに気がつきました。成帝の子ならば、従うべきだとみなが考えたわけを知るために、成帝という人をもう一度調べてみました。

成帝は、前漢の皇帝です。

この皇帝は、前漢の王朝の終わりころにでてくる皇帝ですが、たいへん頑健な人で、病気ひとつしたことがありませんでした。

健康そのものの成帝が、紀元前七年に急死します。なぜ亡くなったのかは、わかっていないのです。毒殺されたのかもしれないし、暗殺されたのかもしれません。その死をめぐって、人々の間でさまざまにささやかれた疑惑があったからこそ、成帝という名前が印象的に刻まれたのではないでしょうか。

このあとに続く皇帝はみんな幼帝で、なかでも平帝は九歳で即位し、すぐ毒殺されています。ほかもみな、お飾りのような幼帝で、政治の実権は王莽が握っています。

民衆が唯一、頼みにしたのが成帝だったからこそ、成帝の子が民間に紛れ、かれが邯鄲で挙兵したと聞いた瞬間、みながその人に属こうと思ったのでしょう。

●呉漢という男

ここまでの話に、呉漢は一度もでてきません。

これからその呉漢についてお話しするまえに、私は、「人はなぜ、歴史を知ろうとするのだろう」という根本的なことを考えました。

みなさんは、どう生きるかという生きかたの問題や、組織のありかたということをお考えになることがあるでしょう。そんな時、なにを読み、なにを聞くでしょうか。

相手が動いても自分は動かない。あたりが騒いでも自分は静かだ。

そういう、一種の不動のこころを鍛えていくためには、歴史書を読むよりも、『論語』や『孟子』といった倫理書を読むほうがよいのではないかと思います。人がどんなに動いても自分は自分だ、と思う人が必要とするのは、歴史書ではないと思います。では、歴史書を読む人はいったいどういう人でしょうか。

人が動いた時に、自分も動かざるを得ない、あるいは、人が動いた時には自分も動くのだと思う人が、歴史書を必要とする、と私は感じます。

呉漢という人間がまさにこのタイプだったのです。

呉漢は、光武帝・劉秀と同じ荊州南陽郡の出身者です。この郡は実に重要な郡で、洛陽から、それほど遠くないところにあります。人口の多い郡で、「ものなりが、たいそうよい」ということばを使いたいのですが、ようするに産物も豊富に実る土地です。南陽郡があるがゆえに、秦の始皇帝はそこの産物を北に上げて、河水（黄河）のほとりに巨大な食料倉庫をたて、川を使って秦の首都の咸陽まで食料を運ばせました。

呉漢は南陽郡の宛という有名な繁華都市の出身です。私は、小説のなかで当時の中国六大都市のひとつだと書きました。

けれども、呉漢は、けっして豊かな家に生まれたわけではなかったのです。


呉漢は、たいそう貧しい家に生まれて、ずっと人に傭われて働いていたと思うのです。けれども、成長すると、亭長に任ぜられます。ちなみに『劉邦』という小説に書きましたが、劉邦も泗水の亭長になっています。

ふつう亭というのは小さな行政地区です。しかし亭長の亭は、警察署と想ったほうがよく、また旅行する役人たちの休息所にもなります。亭は城壁のなかにも外にもあり、当時はそのように点々と休息所を置いていたということでしょう。もう少しレベルの高い休息所もあり、そちらは「駅」といいます。

一介の傭われ人であった呉漢が、どうして亭長に任命されたのでしょうか。

くりかえし『後漢書』の原文を読んで長い間考えましたが、はっきりしませんでした。亭は、警察の仕事も兼ねていますので、下層の者たちの事情を知っているということで、誰かに推薦され、そのために亭長にまでのぼれたのではないかと小説には書きました。

もう少し詳しいことを申し上げますと、亭長は、県の武官の長である県尉の配下になります。呉漢を亭長に任命した県尉が誰かということや、どういう理由や経緯があったのかといったことは、想像もとどきにくかった。

このまま、なにごとも起こらなければ、呉漢はたぶん、亭長のまま生涯を終えたでしょう。

しかし、大きな事件が起こります。

亭長という仕事は、警察署長のような役割を兼ねていますから、呉漢は情報収集のため、食客を養っていました。その食客が、殺人事件を起こしたのです。

かれは巻き添えを食うのを怖れて、北へ逃亡します。洛陽まで逃げた時、かつて呉漢を傭っていた身分の高い人と巡り会い、冀州から幽州、つまりいまの北京のほうまで逃げることになります。

そこで馬の売買をします。これは『後漢書』に書いてありますから、まちがいないでしょう。

つぎに呉漢の運命が転変するのは、更始帝の命令をうけた劉秀が、河北平定のために、冀州から幽州のほうへ進軍してきた時です。劉秀のために、先行して情報を集める役割をしている男が呉漢のかつての知り合いだったため、馬の売買をしていた呉漢は、幸運にも幽州の県令になります。


余談になりますが、中国の行政区についてすこしお話ししておきましょう。

中国で一番大きな行政区は州で、そのなかに郡が、郡のなかに県があるのです。つまり、南陽郡のなかに宛県があるということになります。県のなかに郷があったり、亭があったり、里があったりします。十里一亭、十亭一郷といわれていますので、あわせてそれも憶えておかれるとよいです。

日本の場合は、県のほうが郡よりも大きい行政区となっているので、中国とは反対になります。ですから、中国の地理を考えるときには、大変混乱します。

令は長官ですが、人口が一万人以上ある県の令は「県令」、一万人以下のときは、「県長」と呼ばれます。

県というのは、日本の県とはちがいます。日本でいうと、市です。ですから県令というのは市長という意味になります。あるいは県長も市長ということですから、郡のほうがむしろ日本でいうと県にあたるということになります。太守（県知事）までのぼると、秩とよばれる俸給を二千石もらえるのです。ですからいまでもちょっと気の利いた人は、県知事のことを「二千石」といったりします。

さて、さきほど、人が変わる時に、自分は変わらない人は、倫理書に学ぶべきだ、また、人が変わる時に、自分も変わる人は、歴史書に学ぶべきだとお話ししました。相手がどう動いたら自分はどう動くか、または動かないか、ということは、歴史書からケースバイケースで学んでゆくしか方法がありません。行動だけでなく思想的にも先駆的に、人の先頭に立ってまえへ進んでいった人のありかたを学び、歴史がみせてくれるいろいろなパターンを参考にして、そこから勉強していくしかないわけです。

呉漢の場合、北京よりも北のほうで、ひっそりと県令として勤めていたとき、たまたま伝聞した劉秀を、「正しい人だ」と判断しました。劉秀のすぐれた履歴、あるいは人事の的確さを聞いてそう判断し、劉秀に付きたいと思ったのです。

更始帝の王朝が樹った時点では、幽州と冀州の高官たちはみなそうだったかもしれません。

ところがさきほど申し上げたように、邯鄲で王郎が立つと、みな一斉にそちらへなびきます。

その時に呉漢だけが、「いや、王郎は怪しい、劉秀のほうが正しい」と思ったのです。なんの根拠もみいだせないなかで、ただ自分が信じることを貫いていく意志の力は、歴史書を読んでもなかなか学べるものではないかもしれません。目先の有利にとらわれないで、正しい定見をもつことは、想像以上にむずかしい。呉漢の不動の信念を表現するのは、小説のなかでも多少の困難があったといっておきます。

王郎が偽物であるということを知っている儒者がたまたまやってきて「王郎という者はたんなる占い師で、成帝の子ではありません」と、呉漢に教えたことは、単に運の良し悪しだけではかたづけられません。

さきほどの劉秀の逸話、「白衣の老父」と同様、やはりなにかを成し遂げる人には、そうした不思議なことがめぐってくるのかもしれないと思います。

信念の力というのは、逆にいえば、そういう人を呼び寄せるものなのでしょう。

呉漢が、王郎側には付かないと決めたことが、かれの運命を決定したのだと思います。

　呉漢は孤立していた劉秀に、兵を送って助けたかったのですが、それに賛同する人がいないので、王郎側にかたむいた郡の太守に、劉秀の正当性を説いて、軍を統べなくてはなりませんでした。それがいかに難しかったかということは、小説を読んでいただければよくわかると思います。

『呉漢』を書いているうちに、この男は自分ひとりで考え、行動するけれども、それには、耳と目がよく、人がいったことをよく聴き、それが正しいか正しくないか、よいか悪いかということを判断する力と、知識を蓄える力があったのだということがわかってきました。

　幕末を生きた桂小五郎も耳がよく、体系的に知識を蓄え学問を修めるというよりもむしろ、耳から得た知識を生かして乱世を生きた人だと私は思います。おなじように呉漢もたぶん、耳目のいい人であっただろうと思います。これは私見ですが、文字から（書物から）学問に入らず、他人の話をきいて学ぶ人は、処世的にバランスがよい。

●リーダーのありかたとは

話は少しそれますが、『私の履歴書』に、あるかたの伝記がありました。

非常に才能があるけれども、才気走りすぎていて、上の人たちに疎まれ、とうとう左遷されてしまいます。

かれは、「自分のように有能な男をこんなところに左遷しやがって」と怒り、だれとも口をききたくないと、いたって不機嫌なまま新しい職場に赴任します。赴任したものの、かれはかなりすねていて、寡黙をつらぬきました。

ところが、この寡黙が人望をあつめる、というたいそう皮肉なことが起こったのです。つまりなにか意見をいっても、どうせまえのように左遷されて、酷い目に遭うだけだからと、かれは自分の意見をほとんどいわなくなったのです。その結果、人の意見を黙って聞くことになりました。

そうすると、「あの上司は自分たち部下のいうことをほんとうに聴いてくれる、こんなに素晴らしい上司はいない」と非常に評判があがり、本社へ戻ることになったのです。その後、おそらく社長になったでしょう。

『呉漢』を書いているときも、この話を憶いだしました。呉漢という人は、人の話をよく聴く人なのではないか。どんなに爵位があがっても、「自分は学問がある人間ではない」という謙虚さを、死ぬまで保ち続けた人ではないか。そして正邪とか正否の判断が、ぞんがい正確にできる人であったのではないかと思います。

先日、伊藤忠商事の社長、会長をされた丹羽宇一郎（にわういちろう）さんと対談させていただきました。丹羽さんは愛知県出身で、私の先輩です。丹羽さんは、とてもいいことをおっしゃいました。

「会社でトップに近いポジションになってくると、部下には面と向かってああしろ、こうしろというのではなく、背中で教えるべきです。一番確かな部下の指導方法は、背中を見せ、背中で部下を引っ張っていくことです」

伊藤忠のトップまでのぼりつめた人の考えかたですから、なるほどそういうものだろうと納得しました。

たぶん劉秀も、呉漢もおなじように、背中で部下を引っ張っていった人間でしょう。劉秀も呉漢も、これほどの事をやる人だからついてゆこう、と、配下の兵は思ったのではないでしょうか。

とくに、呉漢配下の兵は最強です。『後漢書』にも「呉漢は常に配下の兵に武器の手入れをさせ、いかなる時に命令が下っても、すぐに出陣できるように準備を整えて怠らなかった」と書いてあります。

常に油断をせず、なにかあれば、呉漢軍だけは猛烈な速さででて、猛烈な速さで進んでゆきました。「疾(はや)きこと風のごとく」と『孫子(そんし)』にはありますが、戦いにあって速さは有利を産みます。敵に準備する時間を与えず、「こんなに早くくるとは思わなかった」と驚かせ、打ち負かすような戦いかたは、いつの時代にもあることです。自分自身がそういう立場になってみればわかります。「相手がこんなに早くやるとは思わなかった」ということは、実際、ビジネスの場面でもよくあることでしょう。

呉漢がおこなったことは、きわめて単純なことです。しかし、速いということがどれほど素晴らしいことかというのは、その戦いぶりをみればわかります。策略をめぐらせる張良(ちょうりょう)や韓信(かんしん)のような戦いぶりではなく、呉漢の戦いかたはまっすぐで奇をてらうことがありません。速さこそが、かれの兵術だったのでしょう。

また、当時の賊といわれる人たちに対して、呉漢は、劉秀とおなじような考えかたをもっていたと思います。この人たちはみな、平民、庶民であったのに、王莽政治の苦しみに耐えかねて、賊になったに過ぎない。したがって赦してあげて、正業につかせてあげれば、きちんと国のために働く庶民に戻れるのだと劉秀は考えています。

劉秀と同様、呉漢も、自分の目で観ることによって現状を把握し、理想とする正しい世の中にするにはどうしたらよいかを常に考えていたということが、とても重要です。

なにかが起こったから慌ててやるのではなくて、そういう状態になったらどうしたらいいだろう、こうなったら、どうしたらいいだろうということを常に考えていないと、人間は臨機応変に動けません。

それを教えてくれたのは、私がまだ中国ものを勉強しているころにたまたま読んだマキャベリの『君主論』でした。うだつがあがらないとき、あるいは恵まれないとき、無名のとき、なにをやればいいのか。

「無名のうちに準備をしなさい」

マキャベリの教えとは、そういうことです。

呉漢を小説化する場合、マキャベリ的に、「自分がそういう立場になったときにどうするかを、今のうちに考えろ」と教える人間が要るな、と思いましたので、祇登という架空の人間を登場させてしまいました。この人は、呉漢のために、というより読者のために必要であろうと考えたというほうが正しいでしょう。

呉漢は努力家ですから、教えられなくとも、「こうなったらどうしようか、ああなったらどうしようか」と考える力があったにちがいないと思います。軍を動かすこともでき、また劉秀の考えかたも理解していた呉漢は、新しい時代にたいする希望を実現するために、自分はなにを分担すればよいのかということもわかっていたと思います。

●ことばの力

ところで、劉秀の秀という字は、秀才の秀です。これには理由があります。

建平元年（紀元前六年）にかれが生まれたとき、部屋中に赤い光が満ちました。済陽県の県令であった父親が驚いて、「いったいこれはどういうことだろうか」と占い師を呼びましたら、占い師は父親を人がいないところへ誘い、「これは大変な吉兆で、その素晴らしさはことばでは表現できないほどである」と、告げます。父親はたいそう喜んで、生まれた子どもの名を考えます。

そのとき、自分が治めている県の県境に、いくつもの穂をなし、実がたくさん付いた不思議な稲がでたという報告がありました。稲がすらりとよく実ることを「秀」といいます。それで、父親は、「劉秀」という名をつけたのです。


呉漢の漢は漢字の漢でもありますが、劉秀が呉漢を信頼し重用した理由は、かれの名にもあるのではないかと思います。

漢というのは、秦帝国が滅んだあと、劉邦が最初にもらった国、漢中の漢で、そこから劉邦は漢帝国、漢王朝を樹てます。その縁起のよい漢という名をもっていたので、名を大切にする劉秀の思いと呉漢の漢という文字が一致し、ふたりを深く結びつけたのではないかと感じます。やはり名というものは、不思議な力をもつものだと思います。

最後に、P・F・ドラッカーの本の話をします。

ドラッカーは、「成功する人は、ことばを大切にする人だ」と、書いています。ドラッカーによると、これは成功する人間が必ずもっている共通点なのだそうです。逆に考えれば、「失敗する人は、ことばを大切にしない人だ」ということです。いままでみてきたように、劉秀も、呉漢も、やはりその生涯を通じて、ことばを大切にした人だといえるのではないでしょうか。

第二章　項羽と劉邦

●歴史の効力

歴史というのは妙な効力をもっています。

たとえば本田技研工業を作った本田宗一郎という人は、織田信長好きで有名です。では信長について書かれた歴史書を読みながらオートバイを作っていたのかというと、もちろんそんなことはありません。本田さんと信長を結びつけているものは、オートバイや車の発明といった直接的な影響とはまったく異なるものでしょう。信長がもっている中世の蒙さから突出した気象、新しいものを発見する飽くなき好奇心、発明していく勁い発想力、旧弊を破っていく比類ない勇気、そういうものが本田さんに力を与えたのではないかと思うのです。信長という人の全体像に触発されて、企業を立ち上げ、新しい製品を作っていく力を得る。歴史というのはそういう実益を上回る実益をもっているのです。

『論語』や『孟子』といった倫理書や道徳書は、「何かをしなさい」「何かをしてはいけない」と説きます。それにしたがっていくということも、組織運営や人の上に立つ者が限られた部下を治めていくときには、役に立つと思うのですが、企業人や経営者になると、もうそうした規範ではまにあいません。もっと大きな企図(きと)をもたないと、企業を立ち上げたり、巨大な組織を統合したり、多くの人を率いていく力にならない。

そこではじめて、歴史上の人物が実例あるいは師表として立ち上がってきます。

「この人のようになりたい」

そういっても、それは本田さんが、信長のようになりたいという意味ではなく、信長からなにかを学びたいということでしょう。

あこがれとする歴史上の人物は、人それぞれが定めていくことになるのですが、そのときによく名が挙がる人物がいます。

漢の高祖、劉邦(りゅうほう)です。

●劉邦という人

劉邦を尊敬する人は、上層階級というよりむしろ、そうではないところに属する人が多いのではないかと思います。なぜなら司馬遷(しばせん)の書いた『史記』の「高祖本紀」にもでてくる通り、劉邦は農家に生まれて、平民出身で天下をとった最初の人なのです。

伝説的には、古代の聖王、帝舜が平民出身だといわれますが、実態がわからない伝説上の聖王なので、中国において、農民、平民からはじめて天下人になった人というと、この劉邦が最初だ、という認識でよいのではないかと思います。

考えてみると、これは奇蹟的なことです。

中国全土のあの大きさ、組織の大きさから考えていくと、農民が皇帝のところまでのぼりつめていくというのは、ほとんどありえない話です。しかも、劉邦が生まれた時代はまだ戦国時代の終わりごろです。周という王朝の伝統が残っているなか、西方の雄国といわれる秦がすさまじい勢いで天下統一を進めているさなかです。諸国が秦の圧力に負けそうになっては、なんとかはね返す、という時代にあって、劉邦は、家業である農業を手伝わず、遊び人、日本風にいうと渡世人として暮らしていました。家をでて、勢力家のもとに転がりこむ、当時でいえば食客という身分です。わらじを脱いであがりこんで飯を食べさせてもらう、ということなのですが、食客といっても、だれでも養ってもらえるわけではありません。これは、というみどころのある者だけが食客として養ってもらえるのです。

それでもなにかのときに役に立つだけの者たちを養っていくのは、そうとうに財力と富力がないとむずかしいので、だいたいそういう食客をもっている人たちは、王侯をはじめとして大臣クラス、その下でも地方行政官くらいの地位までの人でした。

第一章で、呉漢は亭長(ていちょう)であった、とお話ししたかと思います。亭長というのは地方の警察長官のような役職です。それでも食客をもっていました。そのくらいの人でも食客をもてたというのはおどろきですが、史書にそうあるかぎり、歴史的事実としてまちがっていないことになります。劉邦のような遊び人は食客として食べさせてもらって、その人のちょっとした助言者となって生きていたときもあるし、裏の話をすれば、自分を養ってくれている人のために暗殺者になる可能性もあります。それは裏街道の話で、劉邦はそれに近いすれすれのところにいたのではないかと思います。雇い主から、「あいつを殺(や)ってくれ」といわれたら、やらざるを得なかったこともあったかもしれない。本当のところ、なにをやっていたかははっきりしません。けれども、その道で、それなりの名を売っていたのではないでしょうか。

劉邦は、泗水(しすい)の畔(ほとり)で、亭長になります。亭というのは、二階建てで当時としては高層建築です。休憩所が二階に設(しつら)えられていて、旅行する官吏がそこに上がり休憩し、下を流れる川や通りを眺めたりすることのできる造りになっていたのではないかと思います。亭長はそこで官吏を接待するのですが、亭は休息施設だったようなので、食事を出したり、泊めたりすることはできなかったでしょう。これは想像ですが、そこでは、旅をする官吏が、その地のいろいろな情報をもっている亭長と話して、情報を得たり、逆に亭長が、通りかかった官吏を休ませて、中央の情報を得たりする、いわば情報交換の場という仕組みでした。

しかし、劉邦が、なぜ亭長になれたのか、亭長になったのはいつか、ということは「高祖本紀」にはなにも書かれていません。

「壮なるに及びて試みられて吏と為り、泗水亭の長と為る」

つまり、壮年になってから登用されて、役人になって、沛県の泗水亭の長になった。書かれているのはそれだけです。試みられて、というのは漢文独特のいいかたで、採用されてということです。裏街道を歩いていた人間がなぜ急に役人にされて、しかもこの泗水の亭長にされたのかということを、『劉邦』という小説を書くとき、考えつづけました。

劉邦は、生年がはっきりせず、年齢がわからないという問題もあるのです。司馬遷の「高祖本紀」にさえ、生年については書かれていないのです。調べていくと、二説あることがわかりましたが、それをつきあわせ、年表をつくって、劉邦はいつ生まれたのかを考えました。のちの事柄との整合性を考えていくと、劉邦は紀元前二五六年に生まれたという説のほうが、つじつまが合うのではないかと思いました。のちに劉邦は、項羽という若い英雄と闘わなくてはならなくなるのです。小説的な発想では、そのときに劉邦があまり老人ではおもしろくないと思いましたが、史実をゆがめてまで、おもしろさを求めることは性に合いません。最初は、劉邦の挙兵が、三十代ではないかと考えていたのですが、資料を読んでいると、どう考えても四十代としか思えません。私自身の年表では劉邦が挙兵したのは、四十八歳の時です。もちろん、そのまえに亭長になっています。いつ、どんなきっかけで亭長になったのか。それについて、小説家の癖で細かく調べたくなるのですが、調べようがないのです。

　出生地についても、「高祖本紀」には、

「高祖は、沛の豊(ほう)邑中陽里(ちゅうようり)の人なり」

とあるのですが、昔はこれも勘違いしていました。沛県豊邑中陽里という地があるのだと思っていたのですが、じつは、沛県内の小さな邑(まち)のなかに中陽里という里があるのではなく、沛県と豊邑はわかれて位置する地名であるということがわかったのです。県のなかではなく、県の外に、県に所属している邑があったということなのです。沛の、というのは、沛に所属している飛び地のような意味だったのです。邑という文字を、日本語的に村と読んでしまうと、そのような誤解が生じるかもしれません。

ついでにいいますと、秦の時代に豊邑は泗水郡に属していましたが、司馬遷が生きていた時代には沛郡に属しています。司馬遷が沛を郡名のつもりで書いたのなら、豊邑は沛県に属していないことになります。ただし豊邑は、漢の時代に豊県となり、邑の名は消えています。

劉邦の生地はそのようなことですが、沛の亭長になるには、なにかの理由やきっかけがなくてはなりません。それを考えるためには、まず沛のあたりの支配権がどこに在ったのか、ということを考えなくてはなりません。それはおそらく魏（ぎ）に在ったのではないか。

戦国時代のはじめごろは、魏が天下の中心となる大国だったのです。やがて秦と徹底的に戦った魏は、圧迫されつづけて西側からだんだん縮小していきます。秦が大きくなるにしたがって、中原（ちゅうげん）諸国は徹底的に攻められて、紀元前二二五年に魏は秦に滅ぼされ、王も捕虜になってしまいます。

それにともない、沛のあたりは魏の勢力圏から脱し、秦の勢力下にはいってしまうのです。支配者が変われば、当然、行政と軍事の組織改編があり、魏に関係する者をすべて、新しい者に代えよ、ということになったのでしょう。これが劉邦の転機となったと想像しました。この大きな世の変化のおかげで、劉邦は亭長になれたとしか考えられないのです。のちのことになりますが、劉邦が秦の本拠である関中にはいったとき、手荒なことをいっさいせず官民を慰撫しました。王朝を樹てたときも秦王朝を継ぐと宣明しました。秦の恩を感じたもとは、この亭長に任命されたことにあったのではないでしょうか。

くりかえしますが、紀元前二二五年に魏が滅び、翌年、紀元前二二四年に、泗水郡は秦の郡になります。その時、劉邦は三十三歳です。裏街道を歩き、裏の事情に精通したかれは亭長になって、犯罪者の動向について上に情報を提供する立場になったのでしょう。

それは呉漢も同じであったと思います。呉漢も若いころは下層にうごめいており、裏街道を往来する人々についての情報に詳しかったので、同じような理由で、亭長になれたのだと思います。

秦の始皇帝が開いた王朝が順調につづけば、劉邦は亭長で生涯を終えたでしょう。けれども歴史には一行も残らなかっただろうと思います。県の外にもなかにも亭があって、それらは連なって存在したわけですから、亭長というのは、全国にかぞえられないほどいます。そうした役職を得た劉邦は、平民ではなく、役人の末端になれたのですが、あの遊び人めが、といまいましがっていた実家の人たちにとっては、それだけで、やれやれという思いだったでしょう。

劉邦が亭長になったとき、まだ全国統一はなされておらず、のちに秦の始皇帝となる政はまだ秦王でしかありません。全国を平定して、皇帝となるすこしまえの話です。

劉邦が亭長の時代の大きなできごとは、結婚したことだといえるでしょう。しかし、これも年代はわかりません。私の推量では三十五歳の時だったのではないかと思います。妻になった呂雉は、私の年表によると、二十歳です。名門の人は生年がはっきりしていることが多いのですが、農民の生まれであった劉邦は、生年も曖昧で、皇帝になった人のなかではめずらしく生年がはっきりしていません。

妻の父である呂公という人は、司馬遷の『史記』の中に、

「仇を避け、之に従ひて客たり、因って沛に家す」

という記述があります。つまり、自分がつけねらわれているのが嫌で、沛県の令と親しかったので単父という県から沛県へ避難してきたということです。

仇というのは、殺人に関係していることで、呂公が誰かを殺したために、その家族、ことに子どもから仇として狙われている、というのが正しい解釈でしょう。しかし殺人は犯罪ですから、沛県の令はどれほど親しい友でも、殺人犯を客として優遇するはずがないので、その仇というのは、それほどけわしい意味をもっていなかったと想うしかありません。

呂氏というのは、もしかしたら呂不韋と関係があったかもしれませんが、それもよくわからないのです。小説的推定では、そちらに惹かれますが、それを追いかけていくと劉邦からは離れていきますから、この辺でとどめましょう。

呂氏が逃げなくてはならないのは、中央政府からにらまれたからだ、などさまざまに考えられることがあるのですが、この呂氏という人は勢力のある人だということはまちがいないと思います。その娘をもらったので、劉邦は多少勢力家になったのです。このころまではそれほど信用のない亭長だったような気がするのですが、呂雉を妻にし、呂公を義父としたのを機に、劉邦はすこし信用を得て、羽振りがよくなったのではないかと思います。それだけでも気分よく生きてゆけたはずです。しかしそういう平凡な生活がゆるされない事態が生じます。

結婚して十二年後、つまり劉邦が四十七歳の時、秦の始皇帝が旅行先で亡くなります。このときに陰謀がおこなわれており、太子を次の皇帝にすべく詔（しょう）を遺（のこ）していたにもかかわらず、内容を従者がすりかえるという一大事件が起こります。これを沙丘（さきゅう）の変といいます。遺言がねじ曲げられてしまったため、末子である胡亥（こがい）が次の皇帝になり、皇帝になるはずだった太子は殺されてしまうのです。太子が皇帝になっていれば、この王朝も長く続いたと思うのですが、秦の王朝の不幸はここからはじまるのです。遺言をねじ曲げるというわずかなことが、秦をまったく違う性質の王朝にしてしまいます。

末子の胡亥という人はそうとうに残虐な人で、邪魔になる兄たちをほとんど殺してしまいます。それから自分の思い通りのことをはじめます。自分の尊厳や権威を高めるために、父の墓を立派にしたり、大旅行をおこなったりします。その結果、それが圧政として、人民に覆い被さってきます。秦の二世皇帝が王朝の廃乱の原因をすべて作ってしまうのです。

沙丘の変があった年に、始皇帝の墓を新しくするという発表がなされ、全土から多くの人夫が集められます。亭長だった劉邦も、墓の造営のために人を集め、かれらを率いて首都に行かざるを得なくなったのでしょう。

ところが途中で、行きたくない人夫たちがみな逃げてしまいます。日本でも防人(さきもり)として遠いところまで遠征することがありましたが、途中で食料が尽きたり、賊に襲われたりして死んでしまうことが多かったのです。それと同様に、始皇帝の墓の造営に行くということは、死ににゆくようなものだということがわかっていたので、あんなところまで行って死ぬくらいなら、逃げてしまおうという人夫が多くでたのでしょう。しかし百人なら百人、二百人なら二百人と、率いていく人夫の人数は決まっていて、役所に登録しています。そうすると、沛県からはこれだけの人数が来るはずだと、中央では名簿が作られているので、それが一人でも欠けていると引率者は死刑にされてしまうのです。それが秦の厳格な法なのです。二、三十人も逃亡してしまったあとで残りの人夫を連れて中央へ行っても、それは、自分が殺されにゆくようなものです。だったら止めよう、と思ったでしょうけれども、止めて沛県にもどってもやはり、使命を果たさなかったと処刑される。行けば処刑される、帰っても処刑される。行くことも帰ることもできないとなると、どこかにとどまってひそかに時を過ごすという選択肢しかなくなります。

劉邦が率いていたグループはどのくらいの人数かはっきりとしないのですが、それほど大きな数のグループではなかったと思います。諸郡あるいは諸県で徴発された人夫のなかには大グループがあって、かれらを率いて行くのは大変だったと思います。それが陳勝（ちんしょう）・呉広（ごこう）の乱という大規模な叛乱が起こる下地になっているのです。

公の仕事のために割り当てられた人夫を夫役（ぶやく）といいますが、その仕事は、皇帝の墓だけではなく、辺境の長城の城壁を修築しに行くというような作業もありました。みなさんは万里の長城というと、写真で見るような石垣の城壁を想像されるかもしれませんが、当時はそんなものではありません。秦の始皇帝が作った城壁は、すべて土でできており、石垣を積んでいたということはありませんでした。とにかく土で造った長城を修復するために派遣されるグループもありました。そのなかのひとつが、陳勝と呉広が率いていたグループなのです。

このグループは、大雨に遭い、河を渡るときにたいそう時間がかかってしまって、渡りきった時には現地の召集にまにあわなくなりました。今から行っても絶対にまにあわないし、遅れて行けば処刑される。それなら、行くことを止めて、ここで叛乱を起こそうという話になります。人数が多いため、食料の問題があるので、じっととどまっておとなしくしているわけにもいきません。食料を手に入れるために、なんとかしなくてはならないと、どこかの県（今の市）を襲うことになります。それが乱のきっかけになって、どっと県を襲って潰し、武器や食料を手に入れます。秦の法に苦しめられてきた県の人たちもそれに呼応して、私たちもいっしょに加わりたい、ということになります。一県を潰すと、兵力は三倍にも四倍にもなります。つぎにあらたな県を陥（おと）すと、その三倍、四倍になりますので、兵がものすごい勢いで増えていきます。

みな、秦の圧政に対して嫌悪感をもっていたので、それならば叛乱軍に加わろうということになり、数千が数万になり、その叛乱軍はついには数十万にふくれあがりました。司馬遷の『史記』に、陳勝・呉広の乱について書かれているところもありますが、もしもその場に居合わせたら、信じられないくらいの速さで、巨大化し、西進していく軍隊がみられたと思います。

そのころ、すでに劉邦たちは山に隠れていましたが、かならず陳勝・呉広の乱のことを耳にしたと思うのです。しかし、かれらは陳勝・呉広の乱に加わりませんでした。

そこが劉邦のおもしろさではないでしょうか。

劉邦は、叛乱軍が猛威をふるっている地域に、かなり近い場所にいたはずです。にもかかわらず、劉邦は部下たちを陳勝・呉広の乱に投入しなかった。じっと看（み）ていた雰囲気があるので、それは劉邦の勘の良さといえるでしょう。この件にかぎらず、劉邦の生涯をつらぬく特徴のひとつは、勘の良さであるといえます。自身と配下の命運にかかわる時と場によって、劉邦は、まだ動くのは早いのだ、という抑制力のようなものをもっていた。

陳勝と呉広の勢力は巨大化します。とくにそのあたりは、戦国時代の楚（そ）であったり、魏でもあったので、秦に反感をもっている土地柄であることを想えば、こうした叛乱が広がりやすかったのかもしれません。

ついに劉邦の出身地である沛県もあぶなくなり、県令もどうしたらいいか、悩みます。ここで、中央に叛き、陳勝・呉広に加担すると、叛乱がおさまった時に処刑されてしまうし、逆に味方をしないと、陳勝・呉広に殺されてしまう。

そこで、県令は、潜伏している劉邦を呼び返し、かれを立ててことにあたらせようとしました。県令はずるいので、劉邦を前に立て、自分は後ろにいれば安全だと考えたのです。

県令は、劉邦の妻の妹婿である怪力の樊噲を使者に立てて、劉邦を呼びもどします。呼びもどされるということは赦されたということなので、劉邦は沛県に帰ることにします。

県令に劉邦を招くように智慧をつけたのは、じつは、蕭何と曹参というふたりの豪吏（有力な官吏）でした。しかし、県令は、最初はその意見を聞きいれたものの、劉邦がくると、この蕭何と曹参がぐるになって自分を殺すのではないか、と疑心暗鬼になります。そこで、劉邦が沛県に着くまえに、蕭何と曹参を殺してしまおうと思ったのです。

ところが、県令にはあまり仁徳がなかったので、この計画が、露顕してしまいます。蕭何と曹参は別々に城壁を越えて逃げ、沛県に近づきつつある劉邦に合流することになります。このふたりがある意味でいうと、参謀と、軍事の長になって、すくない兵で挙兵します。

ふたりを斬りそこなった県令は、城門を閉め、劉邦を撃退しようとします。

この時代にかぎらず、歴史のポイントになるところにかならずでてくるのは父老という人です。父老というのは年長者で徳のある人です。しかも、上から任命された人ではなく、人民が尊敬して選ぶ人です。県、郷という区域に、それぞれ父老が置かれます。徳の高い老人のことを耆徳といいますが、父老はそういう人が選ばれます。

父老は、人民の不満や不平を知り、上の県令の命令も聞き、上と下とのパイプ役になります。父老がいないと、人民は治まりません。県令は、自分の力で民を押さえているようにみえますが、じつのところは、父老の力にすがって、よろしくお願いしますと頼んでいるにすぎない、という構図になっています。ですから、当時は父老を中心とする、自治権があったといえるでしょう。人民は、県令のいうことを聞かず、父老のいうことを聞いて、毎日を過ごしていたのです。

蕭何と曹参が県令に殺されそうになって逃げた後、劉邦が沛に近づいていると知った沛の父老は、人を集めてどうすべきかと協議し、結局、県令に死んでもらいましょう、ということになったのです。そのようにして、県令を殺したのは父老でした。これも劉邦にとっては幸運でした。父老の処置がなかったら、劉邦は県令を殺さなければならず、最初の挙兵としては、すがすがしいものにならなかったはずです。あとでてくる項梁と項羽の挙兵は血なまぐさく、明るい未来を画きにくいものでした。

世間に踏みだす第一歩は、どの人にとっても生涯を予感させる重大事であると認識すべきです。

劉邦が沛の門前に立った時には、城門はもう開いており、劉邦は、これからあなたが沛県を治めてください、と、父老に迎え入れられました。

人民を動かせるのは、父老です。父老の力というのは、とても大きく、父老がうんといってくれないと、人民は動かないのです。そういう歴史的な実体を知るとおもしろいと思います。

劉邦はここにきてはじめて挙兵します。

まえに述べたように、劉邦の挙兵は、紀元前二〇九年、劉邦四十八歳、妻の呂雉は三十三歳です。

このときは秦の二世皇帝の元年にあたり、陳勝の名が天下を震響(しんきょう)させ、世の中はひっくり返るようなありさまですが、二世皇帝は、そのことはまったくわからず、なにも知りません。地方で、叛乱が起こりました、と報告にきた使者を、そんなわけがないだろう、そなたは嘘をついている、といって、殺してしまったりするほどでした。

挙兵した劉邦は、だいたいの組織の原型をつくります。結局、劉邦軍の中心は沛県、およびその周辺の人たちで形成されました。これは、日本とよく似ています。徳川家康が天下を取ったとき、初期の徳川家があった三河と、本拠地を遷した遠江の人たちで組織はほぼ固まったということですから、組織の作りかたがやはり似ています。そういう人たちがもっとも信用できるからでしょう。劉邦は、順次、才能のある人をいれていきます。中核になるのは、蕭何と曹参ですが、かれらの才能をうわまわる人がひとりだけでてきます。

それが張良という人物です。

軍師としてのかれが好きだという人は日本人には多いでしょう。

日本人が軍師と聞いてまず挙げるのは、『三国志』の諸葛孔明ですが、みなさんが考えているほど、かれは軍事に関して優れていたわけではありません。『三国志演義』を読むと、諸葛孔明はみごとに采配を振っているように書かれていますが、歴史上、ほんとうにすぐれた軍師は、やはり張良でしょう。

諸葛孔明は軍事に精通していない自分を認めて努力し、のちに軍事に秀でるようになりますが、決して名人ではありません。孔明はやや不器用なところのある人で、法にくわしく、その法を応用した行政も人民を納得させる堅実なものでしたから、人をあっと驚かせるような軍略を発揮するようなタイプではなかったのです。

それに対して、張良はそうとうに頭の切れる人です。しかも度胸がある。目のまえの戦いをどう勝つかではなく、長期戦になった場合の見通しもでき、そんなときでも軍をどのように動かしたらよいかがわかる人です。ですから、この人がこの時代の軍略家のトップだといえるでしょう。もちろん、兵法の神様は孫子、ついで呉子ですが、かれらに劣らぬ軍師といえば、張良の名が挙がると思います。

小説にも書きましたが、張良と劉邦は、おもしろい出会いかたをします。

ここで一度、叛乱軍について整理しておきましょう。

まず、陳勝と呉広が起こした乱、これが最大規模です。それに対し、沛で挙兵した劉邦の軍隊は、小規模です。いわば小企業みたいなものです。

ほかにも、さまざまな叛乱軍が生じますが、そのなかで南方（会稽郡）で起こった叛乱軍が一つのポイントになります。項羽の叔父にあたる項梁が起こした叛乱が、北上してゆくにしたがって、巨大な勢力になってゆくのです。

●劉邦と張良の出会い

それ以前に張良は、劉邦と会ったのではないかと私は考えています。

もともと張良という人は、秦に滅ぼされた韓の大臣の息子ですので、まぎれもなく血胤（けついん）のよい人です。王室は滅ぼされ、自分の家も秦に潰（つぶ）されたので、その復讐（ふくしゅう）のためにずっと動いてきたのです。秦の始皇帝の暗殺も自分で試み、大力の男を使って、始皇帝の馬車に鉄椎（てっつい）を落として殺そうとしたのですが、始皇帝の馬車にはあたらず、副車を破壊しただけで失敗に終わり、ふたたび追っ手から逃げることになってしまいます。張良は、頭もよく、器量も、女にしてもよいほどの佳い男なのですが、ただたいそう非力なのです。

張良が、合流できそうな軍隊を求めて移動しているさなか、劉邦も同様に自分の軍が小さいため、別の軍といっしょになりたいと動いていました。そんなとき、両者がたまたま出会ったのです。

「この男は英雄の相をしている」

張良は劉邦を一目みて、そう感じました。そう感じたかぎり、ほかに軍を求めることはやめ、配下の兵とともに劉邦軍に合流します。しかし、張良がもっている兵は、たいした数ではありません。それゆえ、張良が加わっても、劉邦軍が巨大化したわけではありません。張良は、自分の頭脳がどれほど凄みのあるものか、まだ気がついていません。劉邦に会ってはじめてその機略が異彩を放ちはじめるのです。劉邦は、これからどのように軍事的進退をおこなっていけばよいかを張良に相談するのですが、そのたびにでてくる助言があまりにも的確なことにおどろきます。張良の献策通りに動けば、かならずその通りの結果になる。張良のいうことはつねに正しいのです。

劉邦は直感力が非凡といってよいほど働く人ですから、その直感力と張良の助言とが結びついて、きわどいところをすべて乗り切っていきます。劉邦は、決断が速く、ぐずぐずしていないところが美点です。張良の助言にしたがって即断し、行動に移してゆくので、張良のほうも張りあいがあったでしょう。自分のいったことをすぐに実行に移す劉邦は、他の将軍とは違う、と感じ、おたがいにわかりあってくると、よけいな気づかいをしないですみます。それにしてもこのふたりの邂逅(かいこう)は奇蹟的であるというしかありません。

さて、いろいろな勢力が台頭するなか、小勢力で生き延びてきたけれども、ついに、どうしようもないという事態にまでさしかかってきました。

そこで劉邦が考えたことは、南から猛烈な勢いで上ってきた項梁の大軍に合流するのがよいということです。

昔、最後まで秦軍と戦った楚の将軍がいて、その息子が項梁です。これから秦と戦うには、魏や楚といった、秦と死戦をおこなった国の軍といっしょになるほうが感情的にむりがないので、その軍に合流するつもりで、劉邦は項梁に会い、兵を貸してくれと頼みます。

兵を借りたい、という言葉の裏には、劉邦が生まれ育った豊邑が、自分に叛いているという、現実がありました。雍歯（ようし）という劉邦の親友が、豊邑の人たちの支持を得て、劉邦にさからいつづけているのです。どんなに攻めても、雍歯は降伏しない。劉邦は、自分の生まれ故郷である豊邑だけは攻め取りたいので、項梁から兵を借りて、ようやく豊邑を攻め落としました。雍歯はそこから脱出します。雍歯という人は、劉邦がめずらしいほど憎んだ人でした。

これは後日談になりますが、劉邦が天下を取ったあと凱旋して沛に帰りました。住民たちも昔を懐かしみ、大歓迎し、この沛県から皇帝が出たというので喜びます。

その時、沛県の人が、

「沛のためになにかしてくれないでしょうか」

と、いったので、劉邦は、賦役（地租と夫役）を免除するという優遇措置をとることにしました。無税のうえに強制労働をしなくてよいということです。

それをきいた人が、今度は、

「豊邑は、どうでしょう」

といいます。とたんに劉邦は機嫌が悪くなり、豊邑には優遇措置をとらない、といいます。劉邦のおもいは、

「雍歯がわれに逆らったのはわかる、かれはわれのことを嫌っていたし、あいつばかりがいい目をしているのではないか、とわれにたいして猜疑心をもっていたかもしれないからだ。しかし、豊邑の人たちが、なぜ雍歯にしたがって、われと戦ったのか。豊の住民は、われのことをそれほどまでに嫌ったのか」

ということでしたが、最後にはしぶしぶ豊邑にも優遇措置をとることを認めます。すべての人にとって故郷が良いところであるとはかぎらない。昔も今も、それはおなじでしょう。

豊邑の叛乱と裏切りは、劉邦にとってそれほど衝撃だったのです。自分が生まれ故

郷からこんなにも嫌われていたということは、劉邦にとってたいそう辛いものでした。

劉邦は過去のことを引きずって、恨みを返そうというようなことを思わなかった人だと思うのですが、豊邑に関しては、生まれ故郷としての愛着が大きいぶん、このような形で恨みがしこりとなって残ったのかもしれません。

劉邦の父は豊邑での暮らしが長かったので、劉邦は皇帝になったとき、

「孝行したいが、なにをしてほしいか」

と、父にたずねます。すると父が、

「こんな宮殿に住むのは嫌だ。豊邑の中陽里のような場所で、昔の友だちを呼んで暮らしたい」

と、いったので、劉邦は父のためにそうした邑をひとつ、造ってしまうのです。それを新豊（しんぽう）といいます。皇帝らしいエピソードでしょう。

じつは、豊臣秀吉も同じようなことをしています。秀吉の場合は、母親が住みやすいように大坂城内に故郷のような里をつくってあげたのです。

劉邦と秀吉がおこなったことは似ていますが、邑をひとつ造ってしまった劉邦のほうが、スケールが大きいといえるでしょう。

故郷の豊邑は陥落したし、沛県はもともと劉邦の味方なので、そこを本拠地にしてもよいのですが、昔、潜伏していたところから遠くないところに碭という県があり、劉邦はそこに本拠を遷しました。これは新たな人材と兵を得るためでしょう。織田信長は尾張出身なのに、本拠を岐阜に移したことを想えばよい。徳川家康も三河をでて浜松に本拠をすえました。英雄がやることは、おなじなのです。

●項羽と劉邦

豊邑を奪回した劉邦は、これ以後、項羽の叔父の項梁に従うことになります。項梁は、なかなかの戦術家であり、かれの軍は強くて、秦軍を破って、天下の三分の一は平定できるような状態になっていました。じっさい、項梁の下には、項羽という甥も、劉邦もいるし、ほかにもすぐれた将がたくさんいたのです。このまま順調にゆけば、楚王朝が天下王朝となり、項梁がその初代の宰相になるという歴史の流れになったのではないかと思います。

ところが、秦王朝から派遣された将軍の中に、章邯という人がいました。正規軍を率いたわけではない章邯はじつはかなりの名将で、負けそうになる秦と皇帝のために懸命に戦います。章邯は、軍の駆け引きが典型的にうまい人で、征く先々で叛乱軍を破ります。

くりかえしますが、章邯がもっている軍は、もともと質のよい軍隊ではなく、人夫として働かされていた犯罪者を徴発した俄仕立ての軍隊でした。そうした質の悪い兵をまとめた軍を鍛えて、最強の軍に作り変えていったのですが、これはスポーツのチームが、監督しだいで成績を飛躍的に伸ばすのとよく似ています。弱小の集団を最強の軍隊に変えた章邯は、最大の叛乱軍の首領であった陳勝をはじめ、叛乱軍の首領になっている者をことごとく葬ってしまうのです。この章邯ひとりで、叛乱がすべて鎮まってしまうのではないか、と思うほど凄い手腕でした。

ところが、項羽の叔父の項梁は、その秦軍を一蹴します。しかし、章邯を殺すことはできませんでした。

章邯は生き延びて、ひそかに再起をはかります。そのことを項梁は知らなかったか、軽視したために悲劇は起こります。

司馬遷には歴史を劇的にしようとする癖があります。項梁が、章邯の動きに注意を払わず、隙だらけだったというふうな書きかたをしていますが、実際はそうではなか

った と思います。

項梁は定陶というところにいました。ここは済水という大川に接しており、軍船も商船も停泊できる重要な港であり、水上交通の要地です。川幅が広く、対岸とはかなり距離があって、攻められても安全な地なのです。そこにいたからといって、項梁は、用心をおこたっていたわけではないと思います。

ところが、その虚を衝くところが章邯の凄みで、敵将は安全なところにいるから、常よりも気を抜いているだろうと予想して急襲をかけ、項梁を殺してしまったのです。

これですっかり形勢が逆転してしまいます。秦軍がほとんど勝っていたと思われた形勢が、項梁によって潰され、項梁軍がほとんど天下を平定する勢いになってきたのに、章邯によって、秦軍が盛り返すのです。

項梁の指図にしたがって西行していた配下の将は、項梁が斃されたため、帰らざるを得なくなります。項梁が実質的な主ではあるのですが、名目的な主は、楚の王の子孫が楚王として彭城で奉戴されているので、そこが帰るべき本拠地となったのです。

結局、諸将は彭城に集まって、秦軍との戦いに備えることになります。

しかし、なぜかこのとき、劉邦は、そこへは行かずに、碭にとどまっているのです。

そのあと彭城にでかけますが、碭にいたほうが、秦軍と戦いやすいという戦略的なことがあったのかもしれません。

ところが、章邯という人は、その時、彭城を攻めませんでした。定陶で項梁を殺したのですから、あとは楚王を殺してしまえばこの戦いは終わるはずです。しかし、かれが描いた図式はそうではなかったのです。項梁さえ殺してしまえば、楚王を中心とした烏合の衆を攻めるまでもないと章邯は思ったのでしょう。

秦軍にとって、他に問題があったのです。河水（黄河）の北方に趙の国が復活し、やっかいな大勢力になっているので、楚よりも、趙を壊滅させ、この大乱を終わらせようと章邯は思ったのです。

秦王朝側も、趙を攻めるほうがよいと判断したので、王離が率いる正規軍も趙を攻めることになったのです。定陶で項梁を破った章邯の軍も皇帝の命令に従って、王離を佐け、趙を攻めさせられたため、趙は完全に包囲され、風前の灯になってしまいます。

彭城にいる諸将は、主である項梁が亡くなってしまったので、軍事を主導する人間を決め、王朝の再編をしなくてはなりません。そこで、呂青、呂臣の父子が中心となって、王朝を運営してゆくことになります。王朝の行政的な面はそれでいいのですが、実際には戦乱が続いているので、中心となる将軍をだれにするかを決めなくてはなりません。集まっている諸将を率いてゆく将軍を誰にし、どういう戦略にすれば秦軍と戦ってひけをとらないかと考えていくと、呂青、呂臣らの判断は、亡くなった項梁の甥の項羽でもなく、まあまあの成績を上げている劉邦でもなく、宋義がよい、という結論に到ります。

　なぜなら、項梁が定陶にいたとき、驕っているようにみえたので、宋義は、

「あなたがそんなに驕っていると、どこに災いがあるかわからないので、危ない。もう少し用心なさるべきです」

と忠告したのです。さきほど述べたとおり、項梁は定陶で殺されます。

　また、項梁の命令をうけた宋義が、斉と連携するために使者として遣わされたとき、途中で、斉の使者に遇います。宋義はその使者に、

「いそいで行かないほうがよい、なぜなら項梁は、もう死んでいるかもしれないから」

と、予言するのです。それをあとで知った人々が、宋義という人は、項梁の死まで

予言していた、といいあい、一気に宋義の名が上がったのです。

宋義が武人として優れているという評判をきいた呂青と呂臣は、諸将を率いるのは宋義がよいと判断します。宋義の下に、若い項羽をつけて、劉邦は別の働きをさせるというシステムにしたのです。

これがのちに項羽と劉邦が別れてゆくきっかけとなってしまいます。

それまでは項羽と劉邦は同じように動いていたのです。ところが、項羽が宋義の下につけられたことによって、項羽は不満をもちます。宋義は、さきほど、斉という国への使者になったように、斉と連携して、楚軍を大きな連合体にしていったほうがよい、という考えかたなのです。ですから、河水の北にある趙が攻められ滅亡寸前なのに、宋義は斉と結ぶことしか考えていない。項羽は宋義の属将になったのですが、趙を救うべきだと考えていたのです。宋義に、今、趙を救わなくて、いつ救うのか、と問うのですが、宋義は、

「放っておけばよい」

と、答えるのです。

宋義は、趙と秦軍は力をぶつけあっているので、二勢力が長く戦いを続けていくこ

とは、両勢力が減耗（げんこう）することだと考えています。この二勢力が戦い、衰えていくのを横目で見ながら、わが楚軍は斉と結んで勢力を大きくしていけば、趙が滅んだとしても、秦軍は傷ついているわけだから、そのあとは戦いやすいだろうという戦法です。たしかに、一理あるわけです。しかもこの戦略的発想は、もとは項梁にあったもので、斉との連合にこだわったのは項梁であり、宋義はその遺志を継いだといえるでしょう。歴史を深く掘ってゆけば、春秋戦国時代に楚と斉は国境を接するほど近く、楚にとって趙は遠く、どちらかといえば斉に親しみを感じていたのが項梁であったといえましょう。

ところが、項羽の考えかたはそうではありません。趙が滅んでしまうと秦軍と戦う勢力がひとつ壊滅してしまうことになり、秦軍をよけいに強めてしまう。宋義が考えているように秦軍が傷ついて、衰退するなどということはなく、逆に巨大化し、気がつけばどんな連合軍でも太刀打ちできなくなる。われらにとっては、いま趙を救ったほうが有利だ、といい、けわしく宋義と意見が対立したわけです。

宋義の軍はあまり動かず、のろのろとしていたので、だんだん項羽はいらいらしました。そこでついに項羽は決断します。ここから項羽の名が上がるのですが、項羽は本営に入ってゆき、宋義を殺し、その首を獲ってしまいます。そして、それを配下の将士にみせて、異存があるか、といいます。

それをみて震えあがったかれらが、異存はございません、といい、結局、宋義を殺しただけで、項羽は、一気に軍を自分の支配下に置いたのです。臨機応変とは、このことで、項梁が斉との連合を画策していたときとは、情勢が変わっていて、軍事的優先順位をいれかえなければならない事態にさしかかっていた。ここでは項羽の判断が宋義にまさっていたといえます。

若い項羽の名が高まったのは、この宋義殺しによってですが、手段がかなり荒っぽかったので、それがのちの項羽の運命にあまりよい影を投げかけなかったのです。

●革命の起こしかた

これは余談になりますが、革命の起こしかたというものに、ここでひとつのパターンができあがってしまいます。

陳勝と呉広の乱は、秦にたいして最初に起こした大暴動です。革命の最初の首謀者は、たいてい途中で挫折します。つまり、先駆けは死ぬということです。ですから革命の起こしかたと規模に関していえば、項梁は、二番手となるのです。そのつぎに項羽と劉邦がいたわけです。陳勝と呉広の乱は、劉邦が山中に隠れたあとに起こった乱なので、劉邦が隠れたほうが時期的には早いけれども、乱を起こしたわけではないのです。

こうしたことから、革命の大乱が生じた場合には、三番目くらいに起った人が生き延びる、ということなのです。二、三番目の人が最終的に天下を争って取る、というように、項羽と劉邦の生きかたから革命の図式を描くことができるのです。もっとも日本人は、それについては中国から智慧をもらわなくてもよく知っています。信長、秀吉、家康がどのような順番で現われ、天下がどうなったか、わかりすぎるほどわかっています。

革命期における光武帝と呉漢の行動はどうだったでしょうか。光武帝・劉秀（りゅうしゅう）と、兄の劉縯（りゅうえん）は、意外に早く挙兵しているのです。ですからこれを、一とみると、革命としては早すぎると思います。そのまえに起こった赤眉（せきび）の賊、緑林（りょくりん）の賊の反乱があってこれを一、二とすると、劉秀たちの挙兵は三番手ということになります。しかし三番手でも兄の劉縯は内訌（ないこう）によって殺されてしまい、兄を殺した更始（こうし）帝もやがて倒されてしまいます。残った劉秀が天下平定を成し遂げるわけですから、これだけをみても別の一、二、三という順番があったことになります。ですから成功をいそがないほうがよいのです。

歴史が教えてくれるのはこういうことです。歴史から得ることも、のちのちいろいろな教訓があります。

劉邦に関していえば、挙兵から小集団で戦いつづけたこと、張良を得たこと、項梁にしたがったこと、項羽と別れてしまい、のちに戦わなくてはならなくなったこと、そういう一連の流れが、多くの人たちに影響を与えたと思います。

●劉邦につづく人

劉邦の生きかたから影響を強く受けたのは、三国時代に蜀(しょく)の国王になった劉備(りゅうび)でしょう。

劉備は、劉邦の崇拝者でした。若いころの劉備はたぶん独創力のない人なので、だれかのまねをするしかなく、壮年のころまでは、まねをし続けた人だと思います。なかでも、一番まねたのは劉邦でしょう。

劉邦のまねというのは、どういうことかというと、まず、遊び人になることでした。最初は、親孝行をしていたのですが、留学の費用をだしてくれた人がいたので、盧植（ろしょく）という碩人（せきじん）について勉強することになります。けれども、親から離れて盧植のもとへ行くと学問はそっちのけで遊び回っていた。盧植の門弟のひとりである公孫瓚（こうそんさん）という人の手下になってなまけていただけでした。しかし、それは劉備にとっては引け目のないことです。なぜなら天下を取った劉邦も、若いころは遊び回っていたからです。劉邦が、裏街道にも通じるような、やや渡世人的な、遊び人的な、俠客的な性格をもっていたということで、劉備も同じように不良グループに入ります。そこで遇うのが、関羽（かんう）と張飛（ちょうひ）というふたりです。かれらと交わり、ひとつの小グループを形成していきます。遊ぶところからはじめるという見本は、すべて劉邦なのです。

劉邦が、勤勉にならず、人との垣根を作らず、いろいろな人間を自分のなかにいれるような人格形成をみせたことで、それが後世の天下取りの見本になったのです。

だからこそ、それと正反対で勤勉な光武帝・劉秀は、立派だと私は思います。かれは学問をおろそかにせず、長安に留学し、学費をかせぐために、友人と多少の商売をしましたが、『尚書（しょうしょ）』に精通したのですから、青春のすごしかたとしては劉邦をまねなかった。劉邦のことは意識していたけれども、家業もおろそかにしなかった。にもかかわらず、かれが天下を取れたということは、光武帝の独創性だと思います。それにひきかえ兄の劉縯は劉邦のまねをし、そんなに勤勉でいると、器量の小さい人間にしかなれないと、弟の劉秀を笑います。ですから、漢の時代以降は、世間では、劉邦が英雄の見本となり、影響を与えていたということが、劉縯をみても、劉備をみてもよくわかるのです。

劉邦は単純といえば単純、複雑といえば複雑な人です。ひとつは、質の違う人たちを受け入れるために、思想的な垣根とか、感情的な好悪を作らないでいるようなありかたを、劉邦は提示してくれたと思うのです。とはいえ、劉邦には好悪がないかというと、とんでもない。小説でも書きましたが、儒者、つまり儒教が大嫌いなのです。学問をやるやつはろくでもない、はっきりいいますとそういうことです。

かれが作った王朝でも、四代くらいまではその流れをくんで、儒教はまったく取り入れられていませんでした。五代目の武帝になってから、はじめて儒教を官学にしようという動きがでてきましたが、それまでは、老荘思想が受け入れられていて、儒教は嫌われていたのです。それは基本的には、劉邦がそういう考えだったからです。それもよくわかるのです。儒教で王朝をつくっていくと、行儀のいい王朝にはなりますが、硬直化していくからです。ついでながら、私は『花の歳月』という小説を書きました。主人公は平民として生まれた女性と行方不明になる弟ですが、この女性が、劉邦の子のひとりである文帝の皇后になるというめずらしい話です。この皇后も老子の思想を好んで、官界に儒教がはびこるのをさまたげます。この皇后は賢明な人ですから、儒教の弊害を知っていたのでしょう。

『草原の風』をお読みになったかたはわかっているでしょうが、この王朝はのちに過度な儒教化を王莽に利用されて簒奪されてしまうのです。

ただし、老荘思想は、儒教とはまったく逆で、骨がないのです。ふにゃふにゃしているように思えるので、王朝作りには嫌われますが、柔軟性があって、逆説も取り入れる。表と思ったら裏、裏と思ったら表、というような発想をしますので、普通の役人では理解できないような思想といえるかもしれません。組織内の人間にとっては、こうしなさい、ああしなさい、ということを明確にしている儒教のほうがわかりやすい。老荘思想はそういう教えではないので、役人組織のなかでは発展していくのはむずかしい。むしろ、芸術家や戦術家、奇抜な発想を必要とする人たちが好む学問だといえるでしょう。

劉邦も、どちらかといえば、老荘思想的な考えかたを重んじていたと思います。そういう考えかたができなければ、絶対に天下は取れないからです。劉邦の良さは、表と思ったら裏、裏と思ったら表、という変幻自在な柔軟性をもっていたことです。そこが、項羽と違うところでしょう。

項羽は、文字など氏名が書ければよく、習う必要はないといって、劉邦とおなじように学問ぎらいでしたが、形式主義者で、名門意識が濃厚な自尊心の強い人だったでしょう。叔父が楚の将軍の息子でしたから、地位と、名誉をもっていた人の孫という意識がそうとうに強かったと思います。

劉邦はそうした名門意識がまったくない人間です。

誇るものがなにひとつない人間が、どうすれば人の上に立てるのか、という見本であり、そうした生きかたを、みずから示したといえるでしょう。名門の出身であったり、頭のよい人間だったり、すぐれた人間を、自分の支配下に置いて、まとめていくにはどうしたらよいかという見本をみせてくれた、ということです。

私は、劉邦は項羽よりも部下にたいして正直だったのではないか、と思います。かくし事をしないですし、策も自分がもっている策と、他人が提示した策が合致したから、それをとる、というタイプではなく、自分にはなにもないけれど、張良や、他の人から話を聞き、これなら張良のほうが正しいだろうと判断すれば、すぐにその通りに実行する、というタイプです。自分を虚にして、人のいったことをききわけ、正しい判断をする名人です。とにかく聴く、そして速断する。

●劉邦の失敗

しかし、速断して、失敗する場合もありました。

すこし話はそれますが、関中というのは、関所の中を意味します。秦には首都を中心にして東西南北にそれぞれ関所、すなわち要塞が四つあり、その中にある広域を関中とよびます。

関中の東にあるものを、函谷関といいます。函谷関より西を関西といい、東を関東といいます。日本人は、こういう中国のいいかたを踏襲します。日本人はかんさい、かんとうとよび、いまなお、このよびかたは定着しております。中国は、函谷関より、東、西ということでこのよびかたをしますが、日本の関はどこか、ということになると、いろいろ説はあるのですが、私は岐阜県の不破関だと思います。それを境に東が関東、西が関西とよぶのだと思いますが、そうすると、中部地方とよばれているところは、関東にはいることになります。

その関中とよばれる近畿に、劉邦が突入します。関中に侵入して秦軍を撃破し、軍を率いて秦の首都である咸陽へはいったのです。が、そのとき、趙を救った項羽はまだ関中にははいっていませんでした。劉邦より遅れて函谷関に到った項羽は、劉邦がすでに咸陽を陥落させたと聞いて怒ります。

劉邦はこのとき、張良の献策をきくまえに、

「函谷関を閉じてしまいましょう、そうすれば関中すべてを取れますよ」

と、いった人の意見を聞き入れて、函谷関を閉ざしてしまったのです。項羽はそれをみて、たいそう怒ります。そのようすが『史記』の「項羽本紀」に書かれています。名文中の名文です。

項羽、乃ち黥布・蒲将軍を召し、計りて曰く……楚の軍、夜撃ちて秦の卒二十

餘萬人を新安城の南に阬（あな）にす。行くゆく秦の地を略定し、函谷関に至る。兵有り関を守る。入ることを得ず。又聞く、沛公已（すで）に咸陽を破れり、と。項羽大いに怒り、當陽君（とうようくん）等をして関を撃たしむ。

當陽君というのは黥布のことで、入れ墨をした項羽の猛将です。

「兵有り関を守る。入ることを得ず」

という箇所がありますが、ここが劉邦が失敗したところです。

函谷関に兵をおき、関を閉じてしまったため、項羽が猛烈に怒って、黥布にこれを潰せ、と命じたのです。

この書きかたをみると、あっという間に函谷関を潰したように読めますが、函谷関というのは、堅固な関所で、函という字からもわかるように、箱の形をした地形をもち中央に細い道しかないのです。大軍は容易にそこの道を通ることができません。難攻不落でどのように攻めても落ちない要所なのです。それをこの當陽君は一撃にして、破ってしまった感じを受けます。超人的なスピードで進軍していくようすを描写するこの漢文が素晴らしいと思います。

安田靫彦『鴻門会』（1955年、東京国立近代美術館蔵）

こうして項羽は、あっという間に、関中の戯水（ぎすい）という川の西岸（戯西）にまで到達するのです。

劉邦は仰天します。つぎに鴻門（こうもん）の会（かい）という有名な場面となります。項羽にたいして、劉邦が謝りにゆく話です。あなたを関中にいれないために、函谷関を閉めたのではない、賊が横行しているので関中に賊がはいらないようにと思って閉めたのだ、といいわけをしに行き、それが受け入れられて、劉邦は殺されずにすんだのです。

鴻門の会が好きな人は日本には多いです。殺されそうになるところを、なんとかいいのがれをして助かるわけですが、途中に劉邦を殺そうとする剣舞があり、その殺人剣から劉邦を守ろうとする項伯（張良の友人）の舞があるなど、スリルの連続です。

　この場面を描いた、安田靫彦の「鴻門会」という佳い絵が日本にはあります。安田靫彦は歴史画の名手で、しかも、どの絵も美しい。

　それはそれとして、この「項羽本紀」には、項羽の残虐な行為も描かれています。

「楚の軍、夜撃ちて秦の卒二十餘萬人を新安城の南に坑にす」

　項羽に降伏した秦兵を殺す理由は、ふたつあります。秦に近づくと、かれらは項羽に叛く可能性があること、また二十余万もの兵に与える兵糧がむだに思われたことです。この箇所を、小説で書く段になりますと、二十余万人の秦兵を一夜にして穴に落とし、生き埋めにできるか、というところで悩みました。一晩ですから、穴を掘っている時間はありません。これはどこか大きな谷に二十余万人を落とすしかないでしょう。しかし、谷に墜落させても死ぬかどうかはわかりません。このように書かれている以上、史実に違いありませんから、どのように生き埋めにしたのか、ということは大きな問題でした。今もその問題は解けないままです。

　私のなかには、劉邦と項羽はそれほど仲が悪くはないのではないか、という思いがあります。ただ咸陽へむかう二人の進路が変わったこと、それから従っている人があれこれ入れ智慧をして、それによって項羽と劉邦の仲の良さというのが、しだいに険悪になってゆき、最終的には最大の敵同士になってしまったのです。そうした悲劇も書かれています。

劉邦と項羽をわけた性格の違いはふたつあると思います。ひとつは、人の話をよく聴くか、聴かないか、ふたつ目は、恩賞と罰則を徹底したかということです。

どんな組織においても恩賞と罰則は鉄則ですが、項羽の場合は罰則だけが厳しくて、恩賞が少なかったのです。そうすると組織にいる人間はどうしてもやる気が薄れます。失敗すると罰せられるけれども、成功した場合は恩賞がない。ですからどうしても劉邦のほうに人は流れてしまいます。若い項羽には人間学が浅かったというしかありません。世知においては師というべき叔父の項梁を失ったのが痛かったといえます。

劉邦はみかけとは違って、最初は大盤振る舞いをするのです。根はけちな人なのですが、それでも将帥(しょうすい)として大盤振る舞いをしなくてはならない立場になったら、性格が変わったようにみせなければならないということをわかっていて、それを行動に移します。

その点、若い頃に劉邦は渡世人として多くの人に接し、人というものをみずから学んだり、養ってくれた人から教えられることが多かったのでしょう。知るということは、人を知ることだ、と孔子はいっています。劉邦は儒教嫌いですから、そのことばを知らないでしょうが、知らなくても実践したにちがいないのです。劉邦の本質は猜疑心の強い小心者だと思いますが、臣下たちがみせてもらいたいと思っている皇帝像を、みずから演出します。演出であっても、そちらのほうが、真の劉邦像になっていくのです。猜疑心が強く小心者の劉邦は本物ではない、むしろ演技者としての劉邦のほうが本物だとみられるということです。

実際に劉邦はそれで天下を取ったのです。そういう点においても、劉邦を見習う人は多いのです。

これははっきり見聞したことではないけれども、新撰組の近藤勇と土方歳三は幼いころから仲がよかったらしく、ふたりがいっしょにあそんだ神社があるそうなのです。そこの額に描かれていたのはどうも劉邦らしいのです。ひょっとしたら、劉邦と張良だったかもしれません。

かれらはそれをみて、大きくなったら、あのようになりたい、と想ったのではないでしょうか。劉邦のありかたは、日本人にも大きく影響していて、子どもであった近藤勇や土方歳三たちの精神性までも高めるきっかけとなったのです。

そうした歴史上の人たちがもつ力は、『論語』や『孟子』の一章を読まなくてはわからないというものではありません。絵一枚からでも、農民として生まれたにもかかわらず天下を取った人がいたのだ、ということを感じとることができるのです。平民から天下人へ、というのは日本では、豊臣秀吉がその典型かもしれません。

こういったことからもわかるように、倫理書だけではなく、歴史書も大切なのです。

項羽に智慧を授けた范増（はんぞう）という老人がいます。

范増は高齢になってから楚軍の軍師になった人ですが、最初から項羽とかならずぶつかるのは劉邦だとみぬいていました。項羽と劉邦は大勢力の首領であり、個人の好悪や、仲がよい、悪いということではおさまらない、あなたが殺さないと、あなたが殺される、そういう運命なのだ、と項羽にあからさまにいわないまでも、范増は、はじめからそう考えていました。

しかし項羽には、それがどうしても深刻な認識にはならなかったのです。それは、項羽自体が劉邦をそう嫌っていなかったことにあるのではないかと思います。だから鴻門の会で劉邦を宥(ゆる)してしまうのです。これが、項羽がもっている感情のゆるやかさというか、組織を率いる人間の自覚のなさとでもいうべきものだったのではないかと思います。

項羽が劉邦を殺さなかったので、范増にとって、地団駄を踏むような結末を迎えます。

しかし鴻門の会は、小説的な話で、当時のフィクションだ、と、白川静先生は書いておられます。すでに小説化されていた話を司馬遷がさも史実のように取り上げてしまったので、正確にいえば歴史のなかに組み込まれたフィクションなのだ、という説です。

高校時代、私は漢文の時間に、垓下(がいか)の戦いという一節も習いました。そこは四面楚歌といいかえたほうがわかりやすいかもしれません。劉邦の漢軍に包囲されて死を覚悟した項羽が、最後に愛している虞美人(ぐびじん)と別れなくてはならないという場面です。これが司馬遷の『史記』のなかでは特に美しいところです。

そこを引用してみましょう。

力は山を抜き気は世を蓋ふ。時利あらず騅逝かず。騅逝かず奈何かす可き。虞や虞や若を奈何せん。

騅は項羽の愛馬の名ですが、馬の毛色で、あしげを騅といいます。白っぽい馬です。その馬さえ進まない窮地をみごとに表現しています。

虞美人に関しては、項羽がどこでこの美女を拾ったのかは、どれほど調べてもわかりませんでした。

項羽は劉邦につづいて秦王朝の本拠地である咸陽に乗り込み、そこの支配者になるので、虞美人とは咸陽で出会った可能性もあるのです。秦の始皇帝は、咸陽に美人ばかりを集めたといわれていますから。

虞美人は項羽に従って戦場までも行動をともにします。最期の地で、項羽が死ななくてはならないとわかったときには、足手まといにならぬよう自殺します。その切なさ、女性の愛情の深さが美しく書かれていて、心を撼かされ、項羽を小説に書きたいと思ったこともありました。

●人間の本当の魅力とは

私は劉邦に魅力を感じるまえにかれの臣下に関心をもち、『楚漢名臣列伝』を書きました。執筆中に、人間の魅力というのは、なんなのだろう、と考えさせられました。たとえば、秦の始皇帝が、人民を法律できつく縛っているような世界が、叛乱によってほぐれて行く時代に生まれたとします。自分も挙兵して、この世の中をなんとか変えたいという意欲が生じたとき、項羽と劉邦、どちらにつきたいと思うでしょうか。やはり劉邦につきたいのではないでしょうか。当時の人もきっとそうだったと思うのです。

項羽はたしかに強く、戦えばかならず勝つ。けれども、勝つのは、項羽だけなのです。項羽の属将は単独では負けています。属将は自立的な発想がなく、項羽に命令されて戦っているだけなので、負けてしまうのです。

しかし劉邦の配下は、劉邦に強く命令されるわけではないので、自分で考え、自分の責任で、思った通りに戦うことができます。たとえ負けたとしても、劉邦はそれほど厳しく処罰をしない人です。口が悪い人なので、負けて帰れば罵倒くらいはします。それでも敗将は殺されることはない。それにひきかえ項羽は、配下の将が負けて帰ってくれば、処罰として殺してしまうのです。

どんな組織のなかにおいても同じことがいえるでしょう。

社員の自立性を育ててくれる社長や、任せてくれて、最初からあれこれと指示をしたり文句をいったりせず、やりたいようにやりなさいというふうにいってくれる上司のもとでは、独創力や発想力が、場を踏むごとに育っていきます。

劉邦の属将が本隊と別れて、あちこちの戦場でそれぞれ勝利をおさめると、そのたびに怒る項羽はみずから戦ってかれらを潰しにゆかなくてはなりません。属将を送り込んでも、負けてしまうからです。その差は大きかったことでしょう。

やはり劉邦のように人を信じること、あるいは信じるふりをすること、といってもいいかもしれませんが、そのことが人に力を与えていく。意外と正直であるという単純なことで、劉邦は、項羽に勝っているのです。

司馬遷の『史記』でも、私の小説でも、いまお話ししたようなこと以外の歴史的事実が書いてあります。そうしたことを知ることによって、読者にも、自分で発想する力が生じるのではありますまいか。

倫理書ではなかなかそうはいきません。倫理書を徹底的に読めば、精神の骨格を作ることができます。それは人生体験を経てきた者が到達する境地に似ていますが、若いころにはそこまで深く読むのはむずかしい。おそらく教訓に従うか反発するかだけになりがちですから、自分の発想が生じにくいのです。

歴史書のほんとうの凄みというのは、年齢に関係なく、人の自立力、発想力を育ててくれるところにあるのではないかと思います。

第三章　殷（商）の湯王と周の文王

――中国の智慧の原点

●中国史の理解

今回は、殷（商）の湯王と周の文王を取り上げてみます。

私はこのふたりが中国の智慧の原点だと思っています。このふたりがわからないと、中国の歴史は理解できません。あるいは、このふたりを知りさえすれば、中国の歴史はわかるといっても過言ではないのです。

日本人には『三国志』に興味をもち、そこから中国史の勉強をはじめられるかたも多いのですが、いきなり『三国志』から中国の歴史にはいっていっても、これはいったい、なんのことをいっているのだろう、とまごつくことがたびたびでてくると思います。ところがこの湯王と文王、ふたりのおもな事績をおさえておくと、それ以降にでてくる英雄や豪傑たちの話がぞんがいたやすく腑に落ち、ああ、あのことを指しているのだな、と中国史を理解する素地ができるにちがいありません。

私にとって中国の歴史について知ることはたいそうむずかしいことでした。私にとって、と申し上げましたが、じつはこれは、私だけの問題ではないと推量しています。一九七一（昭和四十六）年に、海音寺潮五郎さんが『中国英傑伝』を文藝春秋から刊行されました。中国の英傑、英雄、傑人についてお書きになったのは、もともと海音寺さんが漢文の先生だったからだと思います。

それ以前に、中国の歴史に関する物語を書いた人はごくわずかです。中島敦が『李陵』や『山月記』といった名作を残していますが、それらの作品は、中国の歴史にたいして斬新な認識をもって書かれた本ではありませんから、歴史小説とはすこしちがうのではないかと思います。

中国歴史小説が生まれなかった最大の理由は、売れないということでしょう。海音寺さんも、『オール讀物』の編集長から、

「先生、中国の歴史小説は、お書きいただいても、読む人がいません。また、本にしても売れません」

と、いわれたことがあるそうです。

しかしその後、海音寺さんの小説『天と地と』が、ＮＨＫの大河ドラマになり、爆発的に売れました。ふつうなら本が売れて、作家としては喜ぶべきなのかもしれませ

んが、いままで一生懸命書いてきた小説があまり売れなかったのに、テレビドラマ化されたとたんに大ベストセラーとなったため、海音寺さんは少しへそを曲げられたようです。新聞、雑誌の仕事はうけない、と宣言されたのです。

そうおっしゃったものの、自発的な創作はそのかぎりではなく、中国史に関する本ですので、この『中国英傑伝』は例外的に刊行されたのでしょう。

目次をひらいて、この本で取り上げられている人々を眺めてみますと、そこには海音寺さんの中国史にたいする真摯な認識が読みとれるような気がします。

まず、中国には、これだけの英雄がいたのだということを示す「英雄総登場」からはじまり、つぎに第二章の「項羽と劉邦」でもお話しした、「鴻門の会」を取り上げておられます。それから「背水の陣」。これは、劉邦の下にいた韓信という奇策を好む将軍が、趙の国を攻めた時、

「川を背にして陣を布くべきではない」

という孫子の兵法に背いたにもかかわらず、勝利した話が書かれています。背水の陣という非常識な布陣をとると、敵に追いつめられて、全滅してしまう危険もあるのですが、敵がごく限られた細い道からしか攻めてこられない場合には、逆に合理的な

戦法となり、勝利を導く布陣となったのです。「垓下の戦い」も、項羽と劉邦のところでお話ししたとおりです。垓下というところまで追いつめられ、四面楚歌になった項羽が敗れた話です。それらはどれも日本人が親しんできた話なので、海音寺さんも取り上げられたのだと思います。

「呂氏一族鏖殺」の、呂氏ですが、それはたとえば、呂不韋も、劉邦の正妻の呂后も呂氏です。劉邦が亡くなったあと、呂后が専制政治を行い、それをひっくり返す話が、おもしろいと思われたのかもしれません。次が「覇者桓公」ですが、これは戦国時代よりもっとまえの春秋時代の斉の桓公の話です。管仲という商人上がりのうだつのあがらない人間が、友人を頼って斉の国にきて、桓公と敵対する公子の謀臣になり、桓公を殺そうとします。戦いが終わった後、桓公は、自分を殺そうとした管仲を処罰するどころか重用し、その知力のおかげで、天下を従えることができたという、有名な話です。「女禍記」は、春秋時代の晋の国の話です。君主である献公が美女に迷って、太子を殺し、その弟たちも殺そうとし、この美女が産んだ子を太子にするというその過程の話です。「乞食公子」というのは、献公の子で国外にのがれた重耳の話です。漢語からきたことばは、日本語になおす過程でしぼんで、意味が失われてゆく場合が多く、公子ということばも、あまり日本ではつかわれていません。ところが、中国のものを読むと、君主の子を呼ぶときだけでなく、王の子も王子だけではなく公子ともよびますから、よく目にすることばなのです。日本では、外国の物語を訳すときに「小公子」「小公女」などと使ったりするくらいで、ほとんどなじみのないことばかもしれません。

そのほか、「呉楚復讎録（ごそふくしゅうろく）」は、昨年、完結した私の小説、『湖底の城』と同じテーマの物語で、伍子胥（ごししょ）の活躍を描いています。呉の政変後に闔閭（こうりょ）（闔廬（こうりょ））が王になり、楚王に怨みをもつ伍子胥とともに、呉を拡大して強大な力をもち、楚に復讐するというものです。南方の三強国というべき呉と楚と越（えつ）の話が興味深いと、海音寺さんも思われたのでしょう。

こうした海音寺さんの『中国英傑伝』には、前漢時代までの中国歴史に関する話が収められていますが、刊行後三年経った昭和四十九年には十二刷にもなっており、よく読まれたことがわかります。一般の読者が、中国には『三国志』以外にもおもしろい歴史がたくさんあるのだということをはじめて知ることになった手がかりのひとつが、この本であったのではないかと思います。

私もそうでした。のちに『重耳』という小説を書くことになる最大のきっかけは、この『中国英傑伝』のなかの「乞食公子」でした。こんなにもおもしろい話があるのか、と目を開かれる思いで読み、重耳を書きたいという気持ちに強烈なサジェスチョンを与えてくれたのがこの本でした。

それから重耳を小説に書くために、中国史にとりかかりました。

重耳は戦国時代よりまえの春秋時代の人です。より正確にいえば中期の人です。かれの生い立ちを『春秋左氏伝』などでたどり、司馬遷の『史記』も熟読し、もうこれで書ける、と思ったので、ノートに小説の下書きをはじめたのです。

ところが、数行書いたところで、投げだしてしまいました。

無理なのです。なにもかもが無理なのです。

自分では、あれだけ学んだつもりだったのですが、なにも書けない。

つまりなにが足りないかということが、小説を書きだしたとたんにわかったのです。

重耳という人が公子として生まれ、父に追われて諸国をさまよう話は、だれでも書けそうなのですが、その背景——たとえば晋という国がどのようにしてできたのか、他の国はどういう成り立ちなのか、亡命する公子を受け入れやすい国と受け入れにくい国があるが、それはどういう理由なのか。そうしたことがまったくわかっていなかったということが、わかったのです。

まず、諸国の最上位にある周という国がどのように成立したのか、成立以前になにがあったのかということを知らなければ、周の意義はわかりません。周は殷（商）を倒してできた国です。そうなると、周が成立するまえの、殷、そして中国で最初の王朝といわれている夏までさかのぼって調べていかないと、その問題は解けないのです。

人間の物事にたいする考えかた、行動の規範というものは、一朝一夕にできあがるものではありません。人々を動かしている行動原理が、夏の影響下でできあがったものなのか、殷なのか、もしくは周の影響を受けたものなのかを知るには、それぞれの王朝の歴史がみえてこないと分類できないのです。そして、それがわからなければ、それ以降の人たちの行動を支える正義感、信念なども、みえてこないのです。

重耳を書くためには、それらのことがわからなくてはならない。豊かとはいえない生活のなかで、こつこつと資料を集め、私は中国の古代史を学び続けました。

夏というのは、伝説的な王朝でしたので、中国の精神生活にはさほど影響がないと思います。ただ、夏の禹王というもっとも有名な王は、いまだに中国では尊敬されています。

禹王の父を鯀といいますが、たび重なる河水（のちの黄河）の氾濫を防ぐため、治水工事をまかされます。鯀は、水を防ぐには、高い堤防を造ればよいと思ったのですが、水が増えれば、より高い堤防を造らなくてはなりません。洪水にあわせて堤防を造ると、その高さには限りがなくなります。結局、鯀は治水工事に失敗してしまいます。

その後、息子の禹が、洪水対策をおこなうことになります。かれは頭がよいので、大きい河を何本かに分け、水流を和らげるという方法をとります。水流を分けることにより、巨大な洲が九つでき、そのため、中国全土を「九州」とよぶこともあります。

二〇〇七年、岡村秀典さんの『夏王朝　中国文明の原像』という本が講談社学術文庫から刊行されました（単行本は『夏王朝　王権誕生の考古学』講談社、二〇〇三年十二月）が、それには、夏王朝は実在するが、禹王が河を分けて、九州をつくったということはあり得ないと書かれています。なぜなら、当時の夏王朝には、道路や山や河を拓くときに必要なはずの鉄器、金属製の農具、工具がなかった。したがって、河をそのように分ける技術があるはずがないということなのです。岩でもくだけるような工具が発明されたあとようやく、こうした治水工事がなされたと考えるほうが正しいと、岡村さんは書いておられます。つまり、禹王が河筋を分けたのは、伝説だということになりますが、現在の中国の人たちは、禹王とその業績を本当のこととして尊敬しているのです。

こうしたことは一例ですが、周、殷、夏、そのまえは……と、歴史をさかのぼって考えていきますと、中国の古代史にはきりがありません。

夏王朝が成立するはるかまえには、黄帝、顓頊、嚳、堯、舜という英明な王がつぎつぎと中国を統治した「五帝の時代」があったことが、『史記』には書かれています。かれらの業績については専門分野になってきますから知る必要はないかもしれませんが、五帝の名はぜひおぼえていただきたいと思うのです。

司馬遷の『史記』をつかって古代にさかのぼっていく方法はむずかしく、古代の人たちがどこからきてどんな戦いをしたか、ということはわかりにくいのです。さきほど挙げた書籍『夏王朝』のなかに、『史記』の「五帝本紀」にしたがってつくられた系図が掲載されています。

この系図によると、黄帝は、昌意と玄囂のふたつの系統に分かれてゆきます。昌意のほうは、禹の父の鯀から夏王朝へとつながってゆき、玄囂のほうは、殷王朝と周王朝へと続きます。しかし、いずれの系統にしろ、始祖をたどっていくと、黄帝へとつながり、つまり中国の人々の始祖はすべて黄帝だということになります。これが、中国の人たちの誇りであるのかもしれません。

●実在の黄帝とは

こうしたことを考えてみると、黄帝というのは、戦国時代に作られた存在ではないかと思います。戦国時代以降に成立したとおもわれる『論語』には、帝は堯、舜くらいしかでてきません。ですから、実際にはこのふたりが最も古い王であったのではないかと考えられるのではないかと思います。堯のまえの、嚳、顓頊、黄帝などは作られた王であり、歴史的根拠に基づき調べたわけではなく、後の人たちが想像によって作った可能性があるのです。したがって五帝の時代というのは、後世の人たちが歴史をさかのぼるのはそのあたりまででよかろう、とおちついた結果なのではないかと思うのです。

夏王朝も実在したかどうかが議論されてきたのですが、考古学的にも新しい発見があり、やはり実在した王朝である、ということが明らかになったようですから、中国古代に興味を持っておられるかたにとっては、今後の研究結果が待たれるところでしょう。

さきに挙げた岡村先生の本に、夏の系図があります。

夏の王系は、禹から始まり、十七代目の桀で終わるとなっていますが、伝説と、文献的なことをつきあわせていくと、このようになるのではないかと思われます。

禹以前は、王朝とは呼びません。禹からはじまる朝廷だけが、王朝といわれます。つまり血胤で王がつながっていくときだけ王朝と呼ぶのです。五帝の時代は、世襲的に親から子に位を譲っていったわけではなく、有能な臣下、賢い臣下に王位を禅譲していくというシステムだったので、王朝とは呼ばないのです。

王朝になると、王の子が賢くても愚かでも、その席を渡していくことになるのですが、夏王朝は、それが十七世もつながったということです。

さて、問題はここからです。

『史記』の「夏本紀」では、夏王朝の都についてはあまり明記されていませんが、『竹書紀年』には、どういう順序で首都を動かしたかということが記録されております。『夏王朝』には、王の順にそれがまとめられています。


禹は陽城(ようじょう)を都とした。

太康(たいこう)は斟尋(しんじん)に居た。

后相(こうしょう)は商丘(しょうきゅう)に居り、また斟灌(しんかん)に居た。

帝宁(ていちょ)は原(げん)に居り、みずから老丘(ろうきゅう)に遷(うつ)った。

胤甲(いんこう)は西河(せいが)に居た。

桀は斟尋に居た。


つまり、斟尋、商丘、斟灌、原、老丘、西河、斟尋というように首都を遷し、最後に桀は斟尋にいた、ということになっています。ひとつの王朝で、なぜそれほど遷都しなくてはならないかを考えると、夏は、遊牧民族だったのではないかとつい推量してしまいます。あるいは、動物を飼ってすこしずつ移動をする牧畜民族か、遊牧民族と牧畜民族を合わせたような形態の民族であったのではないか。農耕民族は、一か所で田畑を耕す生活になりますから、それほど動かないはずなのですが、どうでしょう。

また、殷の隆盛にともなって、夏王朝の首都がほとんど隣りあうくらいにまで接近していたようなのです。発掘がおこなわれ、その証拠となる城址もでており、やはり、夏王朝は実在した王朝なのだと考えられます。

ここまでは前置きのようなものですので、つぎからは本題の殷の湯王についてお話ししたいと思います。

●殷の湯王と伊尹

司馬遷の『史記』には、

湯始めて亳に居り

と書かれています。殷王朝が最初に起こったのは、成湯、すなわち湯王が勢力を拡大したためで、亳に居り、というのは、そこから湯がでた、ということです。これが『史記』における湯王の記述のはじまりです。

その頃、湯王は、まだそれほど力のない小さな君主で、夏王に仕えていました。

『孟子』には、

「湯、亳に居り、葛と隣す」

とあります。葛というのはその地方の覇者の氏で、葛伯と呼ばれていました。伯は覇に通じていて、のちの伯爵とはちがいます。その葛伯に、湯王は従っていたということになります。

余談ですが、当時の政治というのは祭祀でした。ところが日頃からそれを怠っていた葛伯を湯王がとがめ、征伐してしまいます。それによって葛族は没落してしまい、諸族に分かれていきます。それが、諸葛氏となり、はるかのちの諸葛氏からでたのが、諸葛孔明であるという説があるのです。東方の琅邪国というところが諸葛氏の発祥の地ですが、葛伯が湯王に征伐され、負けた葛氏が逃げた先が琅邪だということになるかもしれません。歴史を学ぶとこうしたちょっとした楽しみがあります。

さて、革命者となる湯王は、

予、言へる有り。人、水を視て形を見、民を視て治不を知る、と。

と、いったとあります。これは重要なことばです。

当時はまだ、鏡を作る技術がなく、人は水に映った影をみて、はじめて自分の容貌を知ることができました。それと同じように、民を見れば、政治がよくおこなわれているかどうかがわかる、人を見て、はじめて、己がわかるのだ、ということです。

しかし、葛伯を討ったことによって湯王は、夏王から征伐を受けたと思うのです。夏王朝を支えていた葛伯を討ったからには、夏王から目の敵にされても当然です。反逆した君主として追放されたか、討伐されたはずです。

私は、湯王は中原とよばれる中央の肥沃の地から、一度、外にでなくてはならなかった、そして、野蛮な地方に逃れ、蛮族になったのではないかと想います。しかし、その後、勢力を盛り返し、中華にもどってきたのでしょう。

ついでながら、これによく似たパターンを踏んだ人が日本にもいます。それは、足利尊氏です。尊氏は、中央での戦いに敗れ、一度九州に逃れます。そこで、与力してくれる族を得て、勢力を盛り返し、神戸にもどり、湊川で楠木正成を倒し、復帰します。こまかいことはわからないのですが、湯王もそれと似たようなことがあったのではないでしょうか。

こうして、湯王は紀元前一六〇〇年くらいに夏王朝を倒して革命を成し遂げます。

湯王が革命を成功させていく過程で重要なことは、伊尹(いいん)という人物との出会いです。伊尹という人はとても重要な人物で、名は阿衡(あこう)という、と司馬遷の『史記』には書かれています。この阿衡の衡というのは、秤(はかり)という意味があります。ですから、秤のごとき人、公平な人、ということを表しているのだと思います。

この人が湯王の謀臣、軍師になります。

じつは伊尹の出生には、「伊尹伝説」ともいうべきふしぎな話があります。私はそのことに興味をおぼえて、『天空の舟　小説・伊尹伝』を書きました。さきほど書いたように、重耳のことを書こうとしたのですが、どうしても書けず、時代をさかのぼって学ぶうちに、この夏と殷の時代までたどりついてしまったのです。

伊尹伝説は『呂氏春秋(りょししゅんじゅう)』におさめられていて、つぎのような話です。

有莘氏(ゆうしんし)の国の娘が桑摘みをしていたところに、空桑(くうそう)(空っぽの桑の木)が流れてきました。娘がその桑の木のなかをのぞくと、赤ん坊がいたのです。娘は驚いて、

「子どもが桑のなかにいました」

と、君主に献じました。君主は料理人にその子どもの養育を命じ、長じたかれは料

理人となります。

君主は、どうして桑のなかに子どもがいたのか、調べさせます。

その子の母親は、はるかかなたの伊水（いすい）のほとりにいて、身ごもりました。夢に神が現れ、

「臼（うす）が水を吐きだしたら、東にむかって走れ、ふりかえってはならぬ」

と、告げられます。女は、なんのことやらさっぱりわからないのですが、翌日、臼が水を噴きだしたので、神のお告げを思い出した女は、赤ん坊を抱えて東へむかって走ります。十里走ったところで、おもわずふりかえって見ると、村中が水浸しになり水没するところでした。女は、振り返ってはならぬ、という神のお告げにそむいたために、空桑と化してしまいます。つまり、母親が木になって、子どもを抱いたまま、洪水に乗って有莘氏の国に流れ着いたということなのです。これは、聖書にあるロトの妻が神のいいつけに背いて、逃げる途中にうしろをふりかえり、塩の柱に変えられてしまう話とたいそうよく似ています。

伊尹の尹という文字は、白川静先生によると、長官という意味を表しているそうです。したがって伊尹は、伊水という川を治める長官だと判断してもよいし、もしかす

ると、伊水の神と判断してもよいかもしれません。

伊水は西のほうを流れており、洛水(らくすい)に注ぎこんでゆく川のひとつです。有莘氏は莘(しん)国とも記されて東方にありますから伊水との距離を想えば、どれだけ伊尹が長い距離を流されたのかがわかるでしょう。

司馬遷の『史記』にしても、『呂氏春秋』にしても、伊尹が長じて料理人になったというのは一致する説なのですが、伊尹がどのようにして湯王とめぐりあったか、ということについては詳述していません。伊尹は最初、宮廷料理人として有莘氏の君主に仕えたにちがいないと思いますが、その後、夏王の宮廷に送られ、王宮の料理人になったという可能性もあります。第二章でお話しした劉邦と張良(ちょうりょう)がめぐりあう話はおもしろいのですが、湯王と伊尹の出会いには奇想を求めにくいといえます。

私が小説で書いた湯王と伊尹の出会いは、それなりの史料にもとづいたものです。いろいろな事情があり、王宮の料理人をやめ、隠遁していた伊尹のことを知った湯王が、三顧(さんこ)の礼を以てかれを迎えるという話です。

「三顧の礼を以て迎える」

というのは、湯王が伊尹を迎えるときにはじめて使われたことばです。劉備が諸葛亮（りょう）（孔明）を迎えるときにつかわれたことでも有名なのですが、じつはそれは二番目なのです。

●湯王の徳

『史記』のなかに、湯王について、つぎのような文章があります。

湯、出でて、野に網（あみ）を四面に張り、祝（しゅく）して、天下四方よりするもの、皆吾が網に入れ、と曰（い）ふを見、湯曰く、嘻（ああ）、之（これ）を盡（つ）くさん、と。乃（すなわ）ち其の三面を去り、祝して曰く、左せんと欲せば左せよ、右せんと欲せば右せよ、命（めい）を用ひざるものは、乃ち、吾が網に入れ、と。諸侯、之を聞きて曰く、湯の徳至れり。禽獣（きんじゅう）に及（およ）ぶ、と。

これは、湯王が郊外にでたときに、四面すべてに網を張っている人を見たのです。その人は、四方からくるすべての鳥獣は、自分の網にかかれ、といっていた。それを見た湯王が、それでは欲が深すぎると感じて、その網の三面を取り外します。そして、左に行きたいものは左へゆけ、右に行きたいものは右にゆけ、しかし、それに逆らうものだけが私の網にかかれ、といったのです。それを聞いた諸国の君主たちは、

「湯王の徳は至って高い。その徳は禽獣にまで及んだ」

と、称めたのです。

つまり、湯王の徳は、人間だけではなく、鳥や獣にも及んだ、ということです。一面しか網を張っていない状況で、鳥や獣にはどこにいってもよい、というのに、聞かないでみずから網にかかるものがいる。そういういいかたはとても中国的です。湯王はこうして、諸侯の篤い信頼を得ていきます。

一方で、夏の桀王は残虐な政治をおこなっていたといわれています。王朝の最後の王はみな、政治を怠っていたとか、お酒や女性が好きだったなどと、悪いことを全部かぶせられ、中国古代史の最悪の王にされていますが、実際にそうであったかはまったくの疑問です。しかし、王朝最後の王というのは、そういう悪名を負わなくてはいけなくなってしまうのです。

諸侯の信頼を集める湯王に危惧をいだいた桀王は、湯王を捕らえ、夏台に押し込めてしまいます。夏は大きいという意味をもっていますので、夏台というのは、高楼の

ような高い建物のことでしょう。そうでなければ地名です。湯王を捕らえたものの殺さなかったのは、それで湯王の勢力を削げると思ったからでしょう。しかしながらそこから、結局、湯王はでるのです。どのようにしてでることになったかは、史料的にははっきりしていません。

　話をさきに進めますと、桀王の夏軍と、湯王の殷軍が衝突することになるのです。一番有名な戦いは、鳴条（めいじょう）の戦いです。ここで夏軍が完敗し、夏王朝は滅んでしまいます。『史記』には、最後の戦いとして「三㚇（さんそう）を伐（う）ち」とあります。三㚇は、項羽の叔父の項梁が敗北を喫した定陶（ていとう）のことを指すのですが、その地は古代から交通の要地であったということでしょう。

　桀王は三㚇まで逃げたのですが、ついにそこで滅ぼされることになります。ちなみに最後に桀王は、湯王を夏台で殺さなかったことが悔やまれる、といいました。これは司馬遷の脚色かもしれません。ところで鳴条の戦いは、雷鳴とどろく戦場だったようです。これは余談ですが、天下分け目の決戦には、よく大雨が降ります。日本の決戦でも、そうなので、ふしぎな符合といわざるをえません。司馬遼太郎さんの小説には、そのことをふまえた描写があるので、司馬さんの歴史眼に感心したおぼえがあります。それはさておき、湯王が桀王に克ったことで、殷王朝が作られたわけですが、これはまえにもお話ししたように紀元前一六〇〇年ころのことです。その年代については、あまり異論もなく、確定的らしいのです。そこから、殷（商）王朝はおよそ六百年続いていきます。

●殷（商）王朝の発展

殷民族というのは、頭がよいと思います。

そう考える理由の一つは、馬の調教ができたということです。現在でも、馬に鞍を乗せるだけで大変だというのですが、そのころの馬は、もちろんすべてが野生の馬ですから、人が乗れるようにするという発想さえも奇抜であり、どの民族も思いつくことではありません。おそらく、夏王朝でさえ、まだそこまでには至らなかったでしょう。殷王朝の人々が馬の調教をし、しかも、車をつくり、馬にそれを引かせるということを成し遂げたのです。それで、軍事的にたいそう強くなりました。馬車には三人が乗れるようにして、一人は手綱をとり、その左側に、弓矢を射る人が立ち、車右には矛をもった人が立ちます。矛にはかぎがついており、相手を引っかけるようになっています。その矛は、戈（か）といいます。兵車戦がさかんになってくると、まっすぐな矛だと都合が悪いので、馬車の発達は、矛の発達も促したのです。そのように殷の兵車が威力を発揮して諸民族を圧倒してゆきます。この兵車の技術というのは、殷王朝の独占だったはずなのに、これがいろいろな民族のところに伝播してゆきます。西に小さいながら周という国ができ、この国が馬車の改良をおこなっていくのです。周には、周原とよばれる平原があり、実際に馬車をいろいろと動かしてみて、改良を重ねるには好条件だったのでしょう。

殷王朝は兵車を発達させましたが、それだけにとどまらず、稲作の技術も発展させます。さらにもっとも大きな業績は、それまで中国にはなかった文字を発明したことでしょう。

殷王朝の中期に王位に即（つ）いた高宗武丁（こうそうぶてい）は、話すことが不自由な王でした。話すことができない、ということは、王としては決定的な欠陥をかかえているということでした。当時の王は聖職者としても最も位が高く、神と対話をし、その内容を臣下に伝えなければなりませんでした。話すことが不自由だということは、王として失格者でした。

そこで、考えられたのが、文字でした。文字を介して、神の意思を臣下に伝えるということをおもいつき、はじめて甲骨文字が生まれます。占いのしかたについては、獣骨を焼いてひび割れの形で占っていたのですが、伝える内容が複雑になるにつれ、獣骨ではまにあわなくなります。したがって、もうすこし面積の広い亀甲に文字を彫るようになるのです。それらの一部は現存しています。以前、日本で高宗武丁の妻である婦好の遺品を見る機会があり、そこに貞人（占う人）が書いたとされる亀甲文字も展示されていたのです。その文字のエレガントなことに驚かされました。想像していたような金釘流ではなく、柔らかくて、やさしい文字だったのが、印象に残っています。たぶん、ナイフのような削刀で彫られたのではないかと思うのですが、亀甲のほうもそれほど硬くはないのかもしれません。これほど長い年月が経っても腐ったり割れたりすることなく残っているのです。拓本などでごらんになったこともあるかもしれませんが、もし機会があればぜひ本物の甲骨文字を見ていただきたいと思います。

さて殷は、馬車を作ったので、狩りができるようにもなりました。殷の人々は、禽獣を捕獲するほかに、人間狩りということもしました。おもに羌族を狩っていたようですが、人狩りですから残酷です。羌族は、族名に羊がはいっていることからもわかるように、羊を追ってゆく族、つまり完全な遊牧民族です。殷民族は、その羌族を狩って、首をはねるのです。

発掘調査のさい、遺構から、多数頭蓋骨が発見されることがあるのですが、これはみな羌族のものです。宮室のまわりに埋め、魔除けにしたものだと想像されます。また、各家庭でも髑髏（どくろ）棚というものが入り口にあり、邪気を払うためにそこに頭蓋骨を並べたようだ、と、白川静先生はお書きになっています。それが本当だとすると、当時の風景はさぞや恐ろしいものであったでしょう。

なにはともあれ、殷民族というのは、やはりたいそう優れた民族だったと想います。湯王ひとりだけが賢かったわけではないのです。

●伊尹という人

さて、伊尹の話にもどりましょう。伊尹という人がどんなことをなしたのか、ここでふれたいと思います。

湯王が崩じた後、つぎの王を立てなくてはならないのですが、太子である太丁（たいてい）は即位しないうちに、つまり父親である湯王よりも早く亡くなっています。そこでしかたなく、弟の外丙を立てました。この外丙が長く王の座についていれば、王朝は安定したかもしれません。しかし、外丙も、三年で崩じてしまうのです。

湯王が亡くなり、太子もすでに死んでいる。しかたなく立てた弟も亡くなってしまった。それで、外丙の弟の中壬を立てました。ところが中壬も位について四年で亡くなります。

宰相となった伊尹はまだ生きており、王朝のすべてをとりしきっていた。つぎの王を誰にするかと考えたとき、太丁の子の太甲を立てることにしました。

伊尹は、太甲に、政道のみならず、いろいろなことを教えました。ところが、この太甲は秀でた王ではありませんでした。司馬遷の『史記』にはずいぶん厳しい書きかたがされております。太甲は道理に暗く、人をしいたげる性格で、祖父である湯王のきめた法を守らず、徳を乱した、とあります。当然のことながら、群臣たちは、こんな王のもとで、やっていけるのだろうか、と不安をおぼえたでしょう。その不安、動揺を感じとった伊尹は、このままでは群臣が離れてゆき、どこかで反乱が起こるかもしれない、と危惧したにちがいない。

そこで、伊尹は大胆なことをします。太甲を連れだして、桐宮（とうきゅう）という離宮に幽閉してしまいます。三年間の監禁といってよいでしょう。

三年間というのは、ある意味でいうと、喪（も）に服す期間と同じです。儒教的にいえば、三年の間、太甲は喪に服したのだといえるかもしれません。

唐突ですが、吉川英治さんの『宮本武蔵』にも、同じような記述がみられます。暴れ者であつかいにくい武蔵（たけぞう）と呼ばれていた宮本武蔵は、沢庵（たくあん）和尚に姫路城の天守閣に三年閉じ込められます。沢庵は姫路城主の池田公と知り合いで、こういう男をちょっとあずかってもらいたいと、たのんだのでしょう。これは、伊尹がとった行動とよく似ています。

三年が経って伊尹が迎えに行ってみると、太甲は、人が変わったようになっていました。善良な王になっていたのです。そこで、太甲を王位にもどしたのです。

殷王朝は三十代まで続きます。その安泰の基を築いたのは、伊尹だったのです。

伊尹がおこなったことは、たぶんほかの誰にもできないことです。

現代の会社に置き換えてみればわかるでしょう。創業者である会長が亡くなり、その数年のうちに社長も亡くなった。若い孫をトップに据えたが、あまりにもできが悪い。そこでしかたなく、専務が新社長を「反省しなさい」と、どこかに閉じ込め、三年間、会社の主導権を握り、経営の舵をとったとしたら、これは大変なことになるでしょう。たとえ新社長が本当に愚かであったとしても、これは専務による会社の乗っ取りだと責められるのはまちがいありません。

しかし伊尹はそれをやりました。このことがじつはひとつの事実として、後世に影響を与えていくのです。その端的な例は、前漢の霍光の話です。

前漢の時代に、湯王が崩御したときと同じような状態が生じます。悖悪な王（武帝の孫）を皇帝を据えてしまい、執政である霍光は苦慮します。

前漢の武帝は、勢力を遠く西域まで及ぼしました。シルクロードができたのはそのころでしたから、西域との交流もできるくらいに漢の勢力を増大したのです。が、その反面、皇太子が謀叛を企てているという讒言をすっかり信じこんで、かけがえのない後嗣である皇太子を殺してしまうという愚行を犯した。その結果、跡継ぎに関して、貧弱な状態を生じさせてしまい、それが前漢王朝を衰退させる原因になったのです。

霍光は、光禄大夫として、台頭しました。

武帝が崩御した後は、末子の弗陵が即位します。これが昭帝ですが、なんと八歳の幼帝でした。この昭帝の時代に、霍光は政敵をことごとく倒して、いわば霍光政権を樹立させたのです。それはよかったのですが昭帝が二十一歳で病死してしまい、しかも嗣子がなかったことで、霍光は頭を悩ませ、ようやく選んだのが武帝の孫の劉賀でした。だが霍光は、賀がどうにもならない皇帝であるということに気がつきます。

そこで、霍光は、伊尹のことを憶いだすのです。つまり、王朝をあずかる宰相は、不徳の皇帝ならば、その地位からおろしてでも王朝を守ってゆかなくてはならないということなのです。

霍光は大胆にも、皇帝の交代を実行します。これは反逆に比いことです。皇帝をひきずりおろして、新しい皇帝を立てるということは、横暴ともとられかねない危険なことで、群臣から総非難を浴びかねません。王朝をわがものにしたといわれるかもしれないのに、それをやりとげたのです。

その先例は、むろん伊尹です。伊尹は非難されたであろうけれども、正しいことをやってのけた、だから自分がこれをやっても恥じることはない。

「伊尹は殷の宰相の身で太甲を廃して」

と、『漢書』の「霍光伝」にはありますが、殷王朝と伊尹の話がわからなければ、この話はほとんどわからないでしょう。しかし、湯王と伊尹のことを知った上で、霍光の話を読めば、理解できると思います。

歴史をさかのぼって理解するのは難しいことですが、逆に、古い時代から新しい時代へと時代を下っていけば、理解することが楽になります。上るのはつらいけれども、下るのは楽だということがいえましょう。

くりかえしますが、霍光が思い切って大胆な皇帝の廃替を断行できたのは、伊尹の故事があったからです。伊尹には私心がありません。自分の権力を増大させようとしてそうしたことを断行したわけではなく、王朝を安定させ、官民を安心させたいがためにおこなったのです。そうした伊尹の無私のおこないが、後世の人に大きな影響を与えた典型的な例がそれなのです。

ここで、ふりかえって、考えておかねばならぬ問題があります。

地方の覇者である葛伯と、中央の王朝の主である夏の桀王に関することです。殷の湯王は、そのふたりを滅ぼしました。これは、のちの儒教の考えかたからすると、主家、または主を討ったことになります。叛逆ですね。

儒教は、孔子がいうように、主は主、臣は臣であることを良しとします。孔子は、君主を討った湯王を良い王だとはいえないのです。臣下が主人になってはいけないのです。

このことは、日本でも同じです。明智光秀が織田信長を討ってもよいのか、と問われれば、否ということになります。しかし、明智光秀が信長を討つには理由があったように、湯王にも葛伯を討つ理由があり、夏の桀王を討つことにおいても理由があったわけで、それをどう解釈すればよいのか、ということが問題になります。

残念ながら、孔子は下剋上が熾烈（しれつ）になるまえの春秋時代の人で、革命者である湯王についてはあまりふれていません。主君を討った湯王を引き合いにだすことはできないので、『論語』では、湯王について詳述することを避けています。

儒教がかかえている問題点は、臣下の者が、主を討ってもよいのか、主を討ってもなお正義は成り立つのか、ということです。

その問題をかかえたまま、話を進めることにします。

●周の成立

周の文王は、この章の二番目の重要人物です。

文王については、『史記』のなかの「周本紀（しゅうほんぎ）」に書かれています。

余談ですが、「本紀」は「ほんぎ」と慣用読みするのがあたりまえになっています。慣用読みとは、『韓詩外伝』を、「かんしげでん」と読むような例が挙げられますが、最近では日本人にもわかりやすいように「かんしがいでん」と読むことも増えてきています。三国時代がはじまる直前ごろに活躍した学者、鄭玄（じょうげん）のことも、近年では、「ていげん」と読むことが許されているようです。このように、慣用読みは時代によって変化することがあり、「周本紀」もいずれは、「しゅうほんき」と読まれるようになるかもしれません。

さて、「本紀」というのは、天下王朝の歴史です。王が複数いて、多くの王朝が並立しているときは、支配的な王朝をもつ国、族、盟主が本紀に著されるのです。殷（商）のあとは、周が天下を治めましたから、司馬遷は『史記』のなかに「周本紀」を立てたのです。

周は、中華からみると西方にあった国で、もともとは弱小民族だったのです、それがしだいに勢力を拡大し、中央にある殷は、周を警戒しはじめます。実際に周征伐がおこなわれた可能性もあるのですが、それは考古学的、文献的な研究にまかせます。

とにかく周は殷に仕えていた国であると想ってもらえばよい。したがって殷が主家で、周は家臣、臣下に当たるのです。周の評判が高くなり、殷の評判が落ちてきますと、殷王としては周がめざわりになってきます。そのときの殷王は紂王です。私の小説『王家の風日』では、受王としましたが、紂王と呼ぶほうが一般的で、正式な呼びかたは、帝辛となります。

父は帝乙といい、そのころから殷王は、帝を称するようになります。名に関しては、十干を使うのが殷王の特徴です。甲・乙・丙・丁・戊・己・庚・辛・壬・癸が十干です。

古代では、太陽は十個あると信じられていたようです。十個の太陽は、東方の扶桑と呼ばれる神木にやどり、しだいに上方の枝に移って、その頂きに登ったものが天空に出発します。十個の太陽に、甲乙丙丁……という名をつけてゆき、一巡を旬といいます。それが三巡（上旬、中旬、下旬）して、三十日、つまりひと月になるというのです。

殷王は、太陽のようであるから、帝あるいは王の名に甲乙丙丁……という十干名をつけたのかもしれません。

いまひとつ問題があります。殷王の跡継ぎはどのように決められたのか、ということです。本当に血胤が尊重されたのでしょうか。もしかすると甲系、乙系……というようにあらかじめ族を割り振り、たとえば、今の王は甲系だが、つぎの王は乙系からだそう、というように、順番に跡継ぎをだすという暗黙の了解やルールがあったのかもしれません。まえにお話ししたとおり、王朝は血胤によって継承されるものですが、血はつながっていても、族や系統にわけ、そのなかから、王位の継承を選択していった可能性があるのではないか。ただしこれは仮説にすぎません。

殷王朝最後の王、紂王は、酒池肉林という四字熟語とともに記憶され、残虐で好色な王であると想われているかたも多いでしょう。酒池肉林だけの光景を想像しますと、紂王は遊びにふけっていた王であると断定したくなりますが、じつはそうでもなかったのではないかと、私は紂王の弁護をしたい気分になりました。

殷王朝にとって酒は、先祖と享楽をともにする媒介です。また、肉も普段食べる肉の意味ではなく、祭祀をおこなうために必要なものなのです。上等な肉には、先祖の霊がおりてきて、そこに憑くと考えられていたので、牛の肉や羊の肉を、林のごとく掛けていたようなのです。その間に、裸の女性を走りまわらせたわけですが、実際は、裸の女性も、先祖を楽しませるために必要でした。若い女性はそういう力をもっていると信じられていたのです。酒池肉林は、王自身のためではなく、先祖のための祭祀のひとつだったのではないでしょうか。ただし殷の貴族が酒好きであったことはまちがいありません。殷王朝は酒によって滅んだともいわれています。

さきに述べたように殷王朝が滅亡して、周王朝になります。周王朝の成立は、革命によるものです。革命というのは、命、つまり天命があらたまる、ということです。天が授けた命があらたまって、王朝が変わるということなのです。

しかし、そもそも、天という存在、あるいは天を尊ぶといった思想は、殷王朝にはなく、周王朝から生まれた思想です。ですから革命というのは、周の思想なのです。

周が殷を討つということは、後の時代からみれば、革命だったといえますが、その当時には、そのような意識はなかったといってよい。殷の代わりに周が天下王朝を立てたときにはじめて、これは革命だと意識されたのではないかと考えられます。

革命にかかわった王は、周の武王です。この人が、八百諸侯を集めて殷の首都を攻めました。決戦場となったのは、殷の首都の南に広がっている牧野です。

余談ですが、日本の徳川家の家臣に牧野氏がいます。牧野氏は、周の故事を聞き、自分の家の名が、周の天下取りの決戦場の名と同じだと知って、たいそう喜んだという話があります。日本にもこうして、周の武王が殷の首都を落とした、あるいは紂王を殺した、という話がはいってきているのです。

●周の文王

さて私がここで問題にしたいのは、周の武王ではなく、かれの父である文王です。実際に殷を滅ぼしたのは武王ですが、父の文王のほうが重要で、精神的にも歴史的にも、後の時代に大きな影響を与えています。中国の歴史だけではなく、日本史にもかかわってくる人なので、知っておいてもらいたい。

『史記』の「周本紀」に、古公亶父という人がでてきます。

あまり大きくない族を率いていましたが、戦いがうまくなく、異民族に攻められたとき、戦いを避けたようなのです。そして落ち着いたさきについて、「周本紀」には

「岐下（きか）に止（とど）まる」

とありますから、岐山（きざん）のふもとにとどまったのです。この岐山という地名は大変重要です。岐山は西方にあり、その麓にひろがっているところを周原といいます。ここから周という国名が生まれたのです。

岐山は日本にも関係しています。岐山の岐は、岐阜の岐です。阜は日本的にいうと、山や丘という意味なので、岐阜県の岐阜は、岐山と同じ意味になります。現在の岐阜という名をつけたのは、織田信長です。が、それ以前に、詩人といってよい萬里集九（ばんりしゅうく）という僧の詩集のなかに雅語としてつかわれていたようです。ですから、岐阜県という名のもとをたどれば、古公亶父が仰ぎみた岐山にいきつきます。

とにかくその場所を族の定住地に選んだ古公亶父の名もおぼえておいてもらいたい。おそらく周原は住みやすいところで、すこしずつ周の族人たちの生活も安定してきます。

しかし、この族には、ほかとはすこしちがった跡継ぎの問題が発生します。

古公に長子有り。太伯と曰ふ、次を虞仲と曰ふ。太姜、少子季歴を生む。季歴太壬を娶る。皆賢婦人なり。昌を生み、聖瑞有り。古公曰く、我が世に當に興る者有るべくんば、其れ昌に在らんか、と。

古公亶父には、長男の太伯、次男の虞仲がいましたが、妻の太姜が、末子となる季歴を生みます。つまり古公亶父にはすくなくとも三人の子がいたことになります。なお太姜の姜は羌族をあらわしています。殷民族に殺されつづけていた族が羌族であったことを憶いだしてもらえば、周民族と羌族のつながりが殷王朝にとって危険であることは容易に推察できるでしょう。さらにいえば、のちに太公望という羌族の長が周と結びますが、その伏線となったのも太姜でしょう。さて、末子の季歴が妻に太壬を娶り、太壬は昌という子を生みます。昌は、古公亶父にとっては孫にあたります。

古公は、孫をみたとき、この子が周族の長になれば、わが族は必ず繁栄する、と予言しました。それはたぶん、占いや予兆、瑞祥などでわかったことだったのでしょう。

昌は、末子、季歴の子です。しかし、古公がそのように宣言したので、長男の太伯と次男の虞仲は家に居づらくなりました。そして、ふたりは周原をあとにするのです。父がそういうならば、われらは遠慮しよう、父が望むとおり、昌が跡継ぎとなれるようにしたい、という親孝行の心からふたりは家をでたのです。

周をあとにした太伯と虞仲が居を定めたのは、南の果ての国、呉の国だといわれています。ですから、呉の国の祖は、太伯であるということになっています。

●水戸光圀に及ぼした影響

この話は、日本の水戸光圀に大きな影響を与えました。

家をでて跡継ぎを自分の弟に譲ったという美談を読んだ光圀は、たいそう感激します。これこそ本当の正義だと感銘をうけたため、かれは行状の悪さを改めたとまでいわれています。

それまで光圀は遊び人で、水戸家のためになるような行状の正しい息子ではありませんでした。ところが、これを読んで改まった光圀をみて、父の頼房は、三男にもかかわらず光圀を、水戸家の跡継ぎにしてしまいます。そのため、よけいに太伯、虞仲の話が光圀には染みたのでしょう。どう考えても自分が跡継ぎになっているのはおかしい、自分が死んだら、兄（頼重）の子を水戸に入れたい、と願います。そうすれば、水戸の本家としての筋が通るというのです。そして実際に光圀はそのようにします。ちなみに光圀の号が梅里ということはよく知られていますが、その梅里こそ太伯が居を定めた地の名なのです。

つまり、これが「周本紀」のかれなりの応用のしかたなのです。水戸光圀さえも、この「周本紀」を応用したのです。

昌の父、季歴もたいへんすぐれた人でした。兄ふたりが家をでてしまったので、自分が跡継ぎにならざるをえなかった。季歴は武に長じている人だったので、周は武力的に強くなります。そのことで、季歴は中央の殷王朝から睨まれてしまいます。

中国の歴史においては基本的なことですが、子どもが複数いる場合、長男を伯、次男を仲、三男を叔、そして四男か末の子どもは季と呼ばれることが多いのです。力が拮抗していることを伯仲というのも、ここからきています。それにならうと、季歴はもしかすると四男だったかもしれません。資料には、三人しか書かれていないので末っ子ととらえるしかないのですが、歴史資料からこぼれおち、名も記されない子がいたかもしれません。

季歴が亡くなったあとに、周の武力はさらに大きくなってゆきます。古公が予感し、跡継ぎにと望んだ昌が、いよいよ族長として立ったのです。これが文王です。

文王は器量の大きな人で、人民にもやさしく、臣下にもやさしい。しかも、覇気がありながら、どの時代でも、威をそなえていながら、どこかにやさしさや気遣いがあったり、あたたかみがあるのが、理想の君主でしょう。それを体現しているのが、文王でした。文王を慕って、さまざまな族がかれのもとに寄ってきます。文王の盛名は殷王の耳にもとどきます。

西方全域を文王が支配するようになれば面倒だと危惧した紂王は、文王を呼び寄せます。これは罠であり、文王を捕らえて、羑里（ゆうり）というところに幽閉してしまいます。

文王を幽閉したことは実際にあったかもしれません。

ここでふりかえっていただきたいのですが、まえに私は、夏の桀王が殷の湯王を夏台というところに閉じ込めたことをお話ししました。桀王が、湯王の実力に不安をおぼえたため、湯王を捕らえて夏台に幽閉したことと、文王が羑里に幽閉された話はまったく同じパターンです。

こうした場合、文王の幽閉が最初にあって、その後、それをもとに湯王の話が作られたという可能性があるといえます。古い時代の話をもとにして、新しい時代の話を作るのが普通だと思われるかたもいるかもしれませんが、古代の場合、新しい時代の話をもとにして古い時代の話が作られる、つまり、古い時代の話のほうがじつは新しい話なのだということはよくあることなのです。

さて、羑里に捕らわれた文王は、臣下の奔走によって牢獄からでて西へ帰れることになりました。さすがに文王のように徳が高い人でも、このようなしうちをした紂王にたいして恨みをいだき、西方の勢力を結集して復讐する準備をしたと想うのです。

文王は兵を東進させ山を越えれば殷の都を急襲できるところまで進出した。けれども、引き返しました。私はいくつか史料を読んでいるうちにその光景がみえるようになりました。むろん想像の目です。

主家を討つという叛逆行為において、文王自身の自制心がはたらいたということもあるかもしれません。しかしそれよりも、周にはまだ天命が下っていないと感じて、攻めることをやめ、引き返したのではないかと思うのです。

その後、文王は崩じますが、子の武王にその意志が伝えられ、天命を感じた武王は紂王を討ちます。親子二代にわたって紂王を討とうとして、結局、文王は討てずに、武王が討った。これが歴史的な事実です。

しかし、文王が、かなりの広さの領土を獲得したにもかかわらず、紂王を討たなかったということが、中国ののちの思想に影響することになりました。

強く影響を受けたのは、『三国志』の時代の曹操（そうそう）でしょう。

曹操という英雄は、赤壁（せきへき）の戦いで呉軍に大敗し、北へ引き上げ、また劉備（りゅうび）が建てた蜀（しょく）をも完全に攻めきれなかったものの、中国全土のほぼ三分の二を手中におさめます。

この状態は、文王とほぼ同じです。文王は、天下の三分の二をおさめながら、紂王を討たず、天子にもなりませんでした。曹操も、天下取りに比（ちか）いところまでゆきながらも、呉と蜀の二国を滅ぼさず、また皇帝にもならなかったという点を、評価されているのです。なお、文王は謚号（しごう）です。生前は西伯（せいはく）と呼ばれていた。葛伯（かつはく）のところで述べたように、伯は覇者ということなので、西伯は西方の覇者をいいます。また殷の時代に帝という尊称はありましたが、皇帝となると、それは秦の始皇帝の造語なので、戦国時代以前にはないことばです。

とにかく曹操が評価される価値観の原型は文王にあります。

実情とは多少異なるかもしれませんが、文王も曹操も、臣下としての礼をわきまえており、自分の実力が主をうわまわっていても、主をしのがなかったということが評価されているのです。つまり、このふたりには儒教でいう「礼」があるということなのです。

●孟子と文王

孔子も文王を称めましたが、こうした文王のすばらしさを一般の人に知らしめたのは、むしろ孟子です。

孟子は、春秋時代に活躍した孔子よりも遅れて登場した、戦国時代のすぐれた儒教の思想家です。孟子の出現によって、儒教はさまざまな難問を解決できるようになりました。

そのキーワードのひとつは、仁義です。

仁というのは、身内や友人といった親しい人へのおもいやりです。義は見知らぬ他人へのおもいやりを指します。孟子は、このふたつをあわせた思想を唱えました。親しい人だけではなく、知らない人も同じように大切にしましょう、これこそが、本当の人間のおもいやりというものだというのです。孟子のほうが孔子より、思想的に広いのです。

いまひとつのキーワードは、革命思想です。

湯王が夏の桀を討った。周の武王が殷の紂王を討った。それらはすべて主家を討ったことになります。儒教的にそうしたことは認められるのか。そういう問題があるとまえに申し上げましたが、孟子はこの矛盾を、革命思想で解決します。

つまり、民を苦しめるような君主ならば、征伐してもよいと明言したのです。民こそが、天命をうつす鏡なのです。天命というのは天にあるけれども、民がその鏡になっているのだ、という思想です。

人、水を視て形を見、民を視て治不を知る

ということばをすでにご紹介しました。そのように、天命は、民こそが教えてくれるということなのです。したがって民を苦しめるような君主や王は討ってもよろしい、というのが革命思想です。

孟子が出現したことによって、いろいろなことが思い切って正義だといえるようになった。各国の君主は、主家を討つということが儒教的には悪とされているために苦しんできました。悪名をこうむりたくないがためにできなかったことが、孟子のおかげで主家をも討てるようになった。これが戦国期最大の特徴です。

ちなみに徳川家康も、『孟子』を身近に置いていました。しかし、徳川政権を立てた途端、『孟子』をしまってしまった。自身が家臣に討たれたくなかったからでしょう。

孟子は革命を認めていますので、革命家はよく『孟子』を読むのです。

●『孟子』と吉田松陰

『孟子』について説く本はたくさんありますが、なかでも『講孟劄記（こうもうさっき）』という書物があることを憶えていただきたいのです。劄記とはノートのことです。

これは吉田松陰（しょういん）が、『孟子』の解釈をおこなったものです。吉田松陰自身、革命思想をもっています。そのかれが『孟子』を解釈しているのですが、めずらしいことに、その講義は獄中でおこなわれました。

嘉永六年（一八五三）五月、松蔭は江戸に遊学します。この年の六月、ペリーが浦賀に来航します。いわゆる、黒船騒動です。憂国の志をもつ松陰は、翌年にふたたび来航した黒船に小舟をこぎ着け、密航を図りますが、鎖国政策を敷いていた江戸時代の日本では海外渡航は禁じられており、幕府に知られれば、日米和親条約の決裂につながると恐れた乗組員に拒否されるのです。しかたなく軍艦からもどった松蔭は、下田の奉行所に自首します。密航を企てたことを自分から申し出なくてもよさそうですが、逮捕され、江戸に送られます。途中、泉岳寺に眠る四十七士に手向けた松蔭の一首を読めば、その心中が理解できるかもしれません。

かくすればかくなるものと知りながらやむにやまれぬ大和魂

現代に生きる人の胸にもせまる一首ではないでしょうか。

密航が国法を犯すものだとわかっていながら黒船に乗って航海し、世界の実情を確かめるという、自分にとってどうしてもやらなくてはならないことをやろうとしたのだ、という松陰自身の想いを、四十七士のやむにやまれぬ討ち入りに重ねた歌でしょう。

松蔭には、在所において蟄居を申しつけるという判決が下り、萩に帰され、ただちに野山獄という獄舎に投じられます。野山獄には、当時十一名、十代から四十代までの在獄者がいましたが、いずれも刑期ははっきりせず、生涯出獄は赦されないような状況で、陰鬱な日々を送っていました。

松蔭はここで囚人たちに『孟子』の講義をはじめます。それが終わると、かれらとともに『孟子』を読みあおうじゃないか、ということになったのです。自分はこの部分はこういう解釈だと思うが、どうでしょうか、というように、解釈しながら読みあうということをしたのです。これを輪講といいます。

『孟子』はむずかしい儒教の書物だと頭から敬遠している人も多いのです。しかし、輪講をすすめるうちに、みな、『孟子』がおもしろくなってきます。『孟子』は、獄中の囚人たちにも元気を与えて、勇気の源となる書なのです。『孟子』は人生に悩んだり、やや絶望的になったり、すべてを投げだしたくなったりしたときにとくに読んでいただきたい。獄中にある人たちが読んで、おもしろくてたまらなくなった本というのは、そんなにあるものではありません。

松蔭が獄をでてから、その輪講と、かれ自身の感想や批評を筆録したのが、この『講孟箚記』です。もとより『孟子』の原文はおもしろい。が、松蔭が解説したもののほうがさらに内容が豊かで、例え話も面白く、『孟子』がより理解しやすいのではないでしょうか。

孟子梁の恵王に見ゆ。……〔文王〕霊台を経始す。之を経り之を営り、庶民之を攻め、日ならずして之を成せり。

『孟子』の良さは、『論語』とちがい、孟子がどのように遊説したか、ほぼその順番通りに編まれていることです。編集が誠実で、時間的、空間的系列が正確です。

梁の恵王に見ゆ、というのは、魏の恵王に会った、ということです。魏の首都は大梁です。したがって、この首都の名をとって、梁の恵王というのです。魏という国には、大梁と少梁という二邑ありますが、首都のほうが大梁で、それを国名として用いられることもあるので、少しわかりにくいかもしれません。

引用文について解説します。孟子は魏の恵王に招かれて会見します。その際、周の文王が作った霊台について語ります。霊台は高楼と想えばよいでしょう。それを建てようとしたときに、庶民がきそうように集まってきてその工事をしたのです。民は命令によってではなく、自発的に集まり、喜んで作業をして、幾日もかからず霊台を作り上げてしまった。

その後に、

古(いにしえ)の人は民と偕(とも)に楽しむ。故(ゆえ)に能(よ)く楽しめるなり。

という文章が続きます。むろんそれは孟子という思想家が観た古代です。博愛の思想をかいまみることもできます。それよりもなによりも、人として生まれたこと、人として生きることが、楽しいことであるべきだ、という信念が文章をつらぬいています。

文王が、この工事は決して急ぐにはおよばないと、いったにもかかわらず、文王を慕っている民は、たちまち高楼を作り上げてしまったのです。

民と偕に楽しむ、という箇所は、重要なところなのです。文王の霊台は民をも喜ばせます。建物を作らせて、ひとりで楽しんだのではないのです。民は文王のために働くことを楽しみ、その労働を恨むどころか、王の徳をたたえ、喜んだのです。昔の人は、民衆と偕に楽しんで政治をおこなったのだ、と魏の恵王に教えたわけです。

偕に楽しむ、という訓話から、私自身も考えさせられることがありました。

まだ作家としてデビューするまえのことでした。いままで自分のため、あるいは特定の誰かのために小説を書いていたのですが、小説というものはそもそもみなに楽しんでもらうために書くものではないのか、とある日気がついたのです。いままでの考えかたが間違っていたわけではないけれども、小説はもっと広い視野をもって書かなくてはいけないのだ、『孟子』の偕楽という思想が身についたら、きっともっと良い小説が書けるだろう。そう思うように、ようやくなったのです。

孟子は、文王が好きなのでしょう。文王を賛美する文章が多い。ただほめたたえるだけでなく、どのようにして、人民を治めたらいいのかという実例を王や君主に説くのです。

『孟子』には、ほかにも、五十歩百歩という有名な話があります。

戦いで負けたときに、五十歩逃げた人がいる、また百歩逃げた人もいる。そのとき、五十歩逃げた人が、百歩逃げた人を笑うのです。お前は百歩も逃げたではないか、と。ところが孟子はそれを笑います。どちらも逃げたことには変わりがない、ということなのです。これと同じようなことは、今の社会でもよくみかけるでしょう。私は、これだけの失敗をしたが、君はもっと大きな失敗をしたではないか、と人を責める。けれどもどちらも失敗したことに変わりはないではないか、ということなのです。『孟子』がすばらしいのは、いまでもその発想が十分に通じることです。わかりやすい訓言に満ちています。譬えが巧い。前途のみえない野山獄の囚人たちでさえ、魅了してしまう。『孟子』を読むことによって、そこの囚人たちは、もし獄からでられる日がくれば、どのように生きようか、という希望や指針を得たのではないでしょうか。

最後に、私にとって印象的な『孟子』のことばを紹介しましょう。

これはデビューよりはるかまえの話ですが、努力をつみかさねて、小説を書いてきたけれども、どうしてもうまくいかない。なぜうまくいかないのだろうかと悩んだ時期がありました。努力はしているのです。しかしその努力がなぜ、実らないのか。そのとき、『孟子』のこんなことばに出会ったのです。

「木に縁（のぼ）りて魚を求む」

私は小説を書いています。これは、木に登っているようなものです。高い高い木で、必死に登っているのです。毎日が努力そのもので、まわりの人からも、偉いねえ、と認められるほどに努力をしているのです。いまにきっと、頂上に手が届くよ、といわれて、それでもまだ登り続けています。

けれども、目的というものがあって、じつのところ、私は魚を捕りたいのです。もしそうだとするならば、これほどの努力を一生涯続けたとしても、まったくむだだということになります。魚が捕りたいのならば、木に登るのではなく、川へ行きなさい、ということなのです。木に登るという努力は、魚を捕るためにはまったく役に立たないのです。自分自身をみつめ直すきっかけになったことばです。こんな話は誰もしてくれません。本によって教えられるということは、やはりあるのです。

●周と日本

『常山紀談』という書物が日本にあります。

江戸時代に湯浅常山という人が書いたエピソード集です。おもに戦国の武将に関するエピソードが集められていて、岩波文庫で読めます。日本の歴史にくわしくなくても、楽しい話ばかりなので、おすすめしたい。

このなかに周の文王にかかわるおもしろい話があります。

毛利元就という、日本の中国地方を治めた大名がいます。毛利家最盛期にはすくなくとも六か国を治める大勢力になったと記憶しているのですが、元就はあまり中央に関心をもたず、西方にとどまっていました。

ある日、毛利氏の家臣たちが、元就に、殿は周の文王のようです、といいました。つまり、大勢力をもちながらも、中央まで欲をひろげず、礼を守っている、そこが立派だといいたかったのでしょう。

毛利元就はカラカラと笑いまして、われは周の文王に及ばない、といったのです。家臣たちは、殿の為政はすばらしいし、劣ることなどないではありませんか、どこが及ばないのでしょうか、とききました。すると、元就は、周の文王にはおまえたちのようにおべっかをつかう家臣はいなかった、と答えたのです。ごまをする家臣がいなかった周の文王に、自分は及ばない、といったわけです。

ほかにも、周を手本にしたり、それを下敷きにしていることがらが、日本にはたくさんあります。

たとえば、明治維新ということばです。この維新は、周の革命を指しています。殷を討って周が天下王朝を樹てたとき、

「周は旧邦（きゅうほう）なりと雖（いえど）も、其（そ）の命（めい）、維（こ）れ新たなり」

と詩（うた）いました。『詩経』のなかにあります。それを借用して、明治維新といいました。

明治維新だけでなく、周を起源とすることばは、日本にたくさん残っています。

たとえば、京都から丹波へぬける道に、周山（しゅうざん）街道というのがあります。丹波に周山という山があるからつけられた街道名でしょうが、周山ときけば岐山を連想せずにはいられません。

また、周がつくった副都は成周（せいしゅう）といい、のちの洛陽です。洛陽とは、洛水の北と

いう意味をもち、洛陽じたいが都市の名に変わっていきます。それを日本が取り入れて、京都のことを洛陽と呼んだりするようになります。京都に洛水は流れていないのですが、それにもかかわらず、京都にゆくことを上洛というようにもなり、こうしたことばはいまでも通用しています。

このように、日本は中国が作ったものをいろいろと借用しており、おもいがけない影響を受けているところがあります。

周の文王のことを知れば、いままで申し上げたような事柄が、理解しやすいのではありませんか。ですから、殷の湯王と周の文王に関して、より多くのことを知っておかれるとよいでしょう。

対談　この皇帝にしてこの臣下あり

丹羽宇一郎×宮城谷昌光

丹羽宇一郎（にわ・ういちろう　写真右）一九三九年愛知県生まれ。名古屋大学法学部卒業後、伊藤忠商事入社。九八年同社社長、二〇〇四年同社会長を経て、一〇年民間出身で初の駐中国大使に就任。現在、日中友好協会会長などを務める。著書に『死ぬほど読書』（幻冬舎新書、二〇一七年七月）、『仕事と心の流儀』（講談社現代新書、二〇一九年一月）他多数。

光武帝の右腕となった男

宮城谷　初めまして。今日はお目にかかれて光栄です。

丹羽　こちらこそよろしくお願いいたします。宮城谷さんが書かれた『呉漢』を読ませていただきました。これまで呉漢という人物の名前を聞いたことはありませんでした。中国の歴史書というと司馬遷の『史記』が浮かびますが、これは前漢の武帝までの歴史書です。『呉漢』の舞台は後漢の時代で、『後漢書』という歴史書に書かれているのですね。調べてみると、後漢の時代から二〇〇年以上経って書かれた本紀一〇巻列伝八〇巻という膨大な歴史書でした。

宮城谷　後漢を建てたのは劉秀＝光武帝という皇帝です。中国には秦の始皇帝から始まって、前漢の劉邦などよく知られた皇帝が何人もいます。ただし皇帝になってからの人の裁きかたや臣下に対する扱いがむごい人が多い。けれども、劉秀はそういう酷薄さが、珍しく少ない人だったことが歴史書から推測できるのです。まずこの人を書きたくて、『草原の風』という小説を書きました。そのとき、光武帝の右腕となって軍事的に活躍した呉漢のことも知ったのです。

丹羽　そうでしたか。さてこのめったに文献にも登場しない男・呉漢。生え抜きのエリートでもなさそうです。でも読み進めていくと、時々エリートになる。ハンサムなのか、金持ちになったのか、いろいろ想像しながら読みました。宮城谷さんの歴史小説はいつもワクワクドキドキがあります。司馬遼太郎さんの坂本龍馬のように、呉漢という人物像を見事につくり上げられたなと思います。

宮城谷　ありがとうございます。呉漢が生きた時代は今からざっと二〇〇〇年前。王莽（おうもう）という摂政が、前漢の皇帝をしりぞけて新という国をつくります。かれは儒教的な国家構想を持っていた。実際、教育面においては配慮があり、学問に熱心な人を官僚にしたり、学生たちをたくさん幹部候補生として育てようとした。

ところで、丹羽さんのご著書『死ぬほど読書』を読ませていただきましたが、丹羽さんの中にも儒教が入っているのがわかりました。

丹羽　当然入っていると思いますが、どの辺りを読まれて感じましたか。

宮城谷　例えば、「自分は何も知らない」ということをはっきり自覚しなさいと書いてありましたね。これは『論語』の中で孔子が述べていることです。孔子関係の書を読まれたのはいつ頃ですか。

丹羽　会社に入った頃でしょうかね。孔孟の本は読むべきだと思っていましたから。孔子の思想は自分なりに納得する部分が多かったです。

王莽は目標を持って国づくりをしようとしたのに、なぜうまくいかなかったのですか。

宮城谷　大失敗したのは経済政策です。丹羽さんがお詳しいと思うけれど、貨幣というのは、信用でしょう。

丹羽　そうですね。今話題のビットコインを見ても言えることです。

宮城谷　政府が信用されなければ、当然貨幣の価値も認められません。王莽は経済政策で失敗したせいで、理念はあったのに、歴史上は悪人扱いされてしまった皇帝です。企業も、一般の人たちに信用されなければ滅ぶしかない。

丹羽　お金で買えないものは人間の社会に一つしかない。それが信頼、信用です。今、中国がアメリカに取って代わって世界一の経済国になろうとしています。経済の規模からいうとあり得るのですが、世界の人々の信用、信頼が得られるかが問題です。貨幣が信頼されるかどうかは、それを発行している国の信用にかかっています。政治・

経済の安定、国民の品性、生産するものの品質などあらゆる面における信用がないと、貨幣というものの信頼も得られないわけです。

宮城谷 まさにその通りです。王莽の失敗を見て、立ち上がったのが劉秀と兄の劉縯でした。革命途上で兄を失った劉秀は、自分から皇帝になることをはじめは遠慮しますが、臣下に請われてついに決意します。

「諫言の士」がいなくなった

丹羽 呉漢以上に親分の劉秀に焦点を当てて書かれているのを私も感じました。この男にしてこの部下あり。いくら立派な人でも皇帝だけでは世の中を治めることはできない。そのかれがいい皇帝だから周りにいい部下が集まってくる。いい部下が集まったからよりいい皇帝になった。経済界の人も読んで学んでほしい小説です。

宮城谷 丹羽さんは名経営者、名上司だったと思います。上司のありかたについてもご著書の中にありましたが、下の者に大きい仕事を任せる場合、能力の見極めやタイミングの取りかたなど大変難しいと思います。どうやって判断されていたのですか。

丹羽 私に直接報告したり、相談にくる社員は、みんな私に顔を見せています。かれらは部下には背中を見せているけれども、私には顔しか見せない。顔なんていうのはいくらでも化粧ができます。でも背中はごまかせない。だから、真の実力を知るにはかれらの部下がどう思っているかを知ることが大事なのです。

宮城谷　なるほど。

丹羽　部下から信頼されみんながついて行く、という人間だったら大きな仕事を任せられる。ところが、部下の評判は大したことがなく、会社の上層部に受けがいい。このタイプは用心しないといけません。

宮城谷　現場に直接赴く大切さも書かれていました。

丹羽　はい。働いている現場へ行って直にかれらの上司について尋ねるのです。「本当によくやったときはみんなを集めて一杯飲ませてくれる」「怒ったときもなぜ怒ったか説明してくれた」、そんな声を聞けば安心します。反対に「みんなの前で人を罵倒した」なんてことが何度もあれば、仕事ができると言われても、その人物は信用できません。

宮城谷　人を使うことの難しさはいつの時代でも大きな悩みの種です。その点、企業も皇帝もいっしょでしょうね。治める規模が膨大な分、皇帝のほうがより一層大変でしょうけれど。

丹羽 私の体験から言うと、一人の人間が把握できる人数は最大でも、五、六〇人。普通は三〇人ぐらいでしょう。トップに立ったら少なくとも三〇人ぐらいは顔を見ただけで、人物がわからなくてはいけません。さらにその中で、「諫言の士」、本当のことを言うグループを持たなくてはいけない。今はみんな顔を見て忖度しあうだけで、諫言の士がいなくなりました。組織の中に本当のことを言う人を持つと、恐らくその政治や経営は五〇パーセントは成功ですね。

宮城谷 皇帝も企業のトップも、やはり部下との関係が大事です。

資料の八割を捨てる

丹羽 私は読書ノートを作っていますが、歴史小説を書く上で宮城谷さんも、ノートを取られますか。

宮城谷 相当取りますね。まず、年表を作ります。その年表というのは『後漢書』だけでなく、ほかの歴史資料にも目配りしながら作成します。年表を作って登場人物たちの動きを追っていくのです。そのために『後漢書』を書き写しました。

丹羽　あの『後漢書』をですか！　気が遠くなる。中国語の資料ですか。

宮城谷　日本語訳が今は出ています。同じ時代にどういう人がどういう動きをしているかを知るためには、自分で年表を作るのが一番です。呉漢が動いていないところでは、誰が動いているか。逆に誰が止まっているとき、呉漢が動いているか。劉秀はどういう判断をして人を配置し、動かし、止めているのか。書き写していると、だんだん見えてくるのです。歴史の中にある余白というのがミソなのですよ。

丹羽　書かれていない余白の出来事を想像するということですね。

宮城谷　結局、その余白の面白さを書くのが小説家の仕事です。

丹羽　小説の中で感心したのは、祇登（きとう）の存在です。あの人は呉漢の後見人か師匠のような人ですね。実在したのですか。

宮城谷　いや、いないです。あれは私がつくりました。王莽政権がうまくいかず、赤眉の乱などが起き、自立する諸侯や王が出てきて群雄割拠の乱世になりました。その中でバランスを持っている人を出すことで、物語が偏向していくことを防ぎたかったのです。

丹羽　宮城谷さんのバランス感覚を祇登に担わせたわけですね。だから宮城谷さんの呉漢に対する考えかたが一番よく表れている。

宮城谷　こういう人物はときに冷静なあまり物語の温度を下げてしまうこともあります。馬鹿なことをしでかして突進していくような登場人物のほうが面白いこともまま ありますから。

丹羽　それは最後に呉漢がやったじゃないですか。個人的な感情を振りかざして戦いに出てしまう。すごく人間味がありました。ハラハラしましたが、ここで主人公を殺しちゃったら小説が成り立たないからまず死なないだろうと安心して読み進めました。(笑)

宮城谷　小説の最後のほうに蜀の国の公孫述（こうそんじゅつ）が出てきます。これはなかなか侮れない人間なのです。光武帝の軍に攻められたときに、敵の将軍の暗殺を指示して成功していく。兵力的にはかなわないので将軍を殺してしまえば軍は弱まると考えて、二人も殺しています。

丹羽　それは史実にあるのですか。

宮城谷　はい。きっと呉漢も狙われたはずです。だとしたら、誰に狙わせれば物語として面白いかということを考えるわけです。

丹羽　その場面は〝ワクドキ〟がある。それもご自分で作った年表をご覧になって史実を睨み、人物の動向を想像するのですね。

宮城谷　そうですね。作った年表を活かせない場合もありますけれども。

丹羽　何事もそうですけど、思いの一〇〇パーセントは出し切れないものです。だから作品の裏には、もうちょっと出したいものが何十パーセントか残ると思うのです。それが次の作品を書く動機になるのでしょう。

宮城谷　たしかに仰る通りですが、小説家は得た知識や資料を八割捨てろと言われてもいます。

丹羽　捨てるほうが八〇パーセント。

宮城谷　そうです。残りの二割で小説を書けと言われますが、それが読み手も楽に読めるかたちになると思うのです。資料だけドサッと出されても、読者には情報が把握しきれない小説になってしまう。軽みを出すためには蓄積した情報を捨てないといけないのです。

丹羽　私が読んでいても、これはまだ結構材料を持っておられるなということは感じます。ぎりぎりまで資料を出しちゃうと底が見えますから。

無駄に見えるものが宝となる

宮城谷　小説に限らず、世の中の道理は、昨日覚えたことが今日役に立つというほど単純ではありませんね。商売でも昨日買ったものが今日売れるとは限らない。即効性を求めていい場合と、求めてはいけない場合がある、と丹羽さんもお書きになっていました。

丹羽　昔は経営者も政治家も勉強している人が多かった。今はどうですかね。自分ではあまり勉強せず、部下が書いた書類をそのまま読んで平気な顔をしている人もいます。先ほどのお話じゃないですが、資料を一〇〇持っていたら答弁の中で使うのはその内の六割から八割でちゃんと説得できる人は安心できます。しかし、「まだまだこの人は知識や情報を持っているな」と思わせる勉強熱心な経営者や政治家がいなくなりました。

宮城谷　説明に用いる言葉に浅さが表れてしまうのですね。

丹羽　舌先三寸。いや私に言わせれば、舌先三尺です。

宮城谷　三尺は長いけど、中身が伴わない。(笑)

丹羽　若い人や学生の中には、これをやったら偉くなれるとか、儲かるとか、万能薬みたいなものを求める人が多い気がします。読書も、これを読んだら何か得をするか、この勉強をすると何か役に立つかと考えて、目先の報酬が見えないものには手を出さないという人が増えています。しかもその報酬とは何かと聞けば、お金。社会のため？　国のため？　それは考えない。

宮城谷　自分の役に立つもの立たないものを自分で勝手に判断して、わかりやすくすぐに利用できそうなものに飛びつく傾向があります。

丹羽　まずミーイズムで、自分を守るという風潮が今の社会にはありますね。象徴的なのはトランプ大統領でしょうか。

宮城谷　ところがどうも世の中は、ミーイズムを貫いても自分に利益がもたらされるようにはできていないのです。いかに無駄なことをやってきたかが、のちのち大いに役立つこともあるんです。

丹羽　今の宮城谷さんの言葉はご本の文章にありました。私もノートに書き出していた。「耐えがたい苦しみが宝に変わる」という言葉です。これは宮城谷さんの哲学が出ていて、やはり儒教に通ずるものがあります。

宮城谷　丹羽さんはご生家が本屋さんで大変な読書家ですから、私にとっては怖い存在です。孔子のほかにどんな本を好まれているのですか。

丹羽　私が尊敬している作家の一人は『ジャン・クリストフ』を書いたロマン・ロランですね。かれはベートーヴェン、ミケランジェロ、トルストイ、この三人の小伝を約一〇年かけて書き上げました。かれら三人の人生を読み込んで『ジャン・クリストフ』という自分の理想像を書き上げるわけです。労力もさることながら、大量の情報を収集し、それを読みこなし、編成し直して、理想的な創作に練り上げた。『呉漢』も同様のところがあります。『後漢書』なんて聞いただけで気が遠くなる二〇〇〇年前の史料から起こされたのですから。

宮城谷　恐れ入ります。どうも日本人は『三国志』が一番好きなのだそうです。それも陳寿（ちんじゅ）という中国人が書いた正史ではなく、最もポピュラーな吉川英治さんの『三国志』を読む。そこから興味が発展しても、岩波文庫などの『完訳　三国志』（演義）にいくのがせいぜいで、正史を読む人はなかなかいません。物語的なもので歴史を知った気分になる。『後漢書』となると日本人どころか、中国人もほとんど読みません。

丹羽　習近平も読んでいないと思います。日本人だって『古事記』『日本書紀』を読んでいると言い切れる人はあまりいないでしょう。書名は知っていても読んだことがない本にどんどん接していけば、自分だけの宝が見つかるかもしれませんよね。

スランプではなく実力

宮城谷　話は変わりますが、丹羽さんのご本の中にスランプの話が出てきます。スポーツ選手の中には、調子が悪い時にスランプと言う人がよくいる。でも丹羽さんは、調子が悪いというのは基本的にそれが本人の実力だと仰っている。私も同じことを考えていました。

丹羽　私自身はスランプになるほど勉強していないと思っています。ずっと低いところにいるのだから、これ以上落ちようがないのです。高いところにいる人が落ちた時にスランプと言うのが本来の使いかたですよね。

宮城谷　プロ野球の選手ですと、王さん長嶋さんクラスの人が不調の時にスランプと言うのなら頷けます。それよりレベルが下の人にはスランプなんてないんですよ。

丹羽　スランプでなくそれが実力だということでしょう。スランプと言うためには大変優秀だと自他共に認める力がないといけませんから。少し調子がいい時があって、それを維持できなくなったらスランプ、などと言うのはおかしい。それも実力の内なのです。

宮城谷　大いに共感したところで、今日は気持ちよくお開きですね。

あとがきにかえて　文学と歴史のあいだ

●小説は人生にとって必要か

小説は、文学臭が消えてはじめて人に読まれる作品になる。

そういう考えかたがあります。それはほぼまちがいないことだと私は思います。けれども、文学臭の有無を考えたとき、たとえば、志賀直哉の『城の崎にて』には、文学臭はありませんが、おなじ名文家である川端康成の『伊豆の踊子』や『雪国』は、文学臭が残っているようです。それにもかかわらず、どちらが愛読されているかというと、やはり川端作品のほうが、広く読まれているような気がします。

そう考えると、文学臭は残っていてもかまわないのではないか、とも思われてきます。

ふたりの初期の作品を考えてみますと、志賀直哉の『網走まで』と川端康成の『招魂祭一景』に共通するのは、徹底したリアリズムです。ある場所にとどまって正確に書く。作者があまり動かず、観たままをきめこまかく描写していく。ただし、観ただけでは小説になりません。観察力のほかに洞察力が要ります。徹底した描写力は若いうちに意識して鍛錬しないと、作品が弱いものになってしまいます。

私は、二、三の文学賞の選考をやっておりますので、候補に上がってくる比較的若い人の作品を読む機会が多いのですが、そうした作品を読むたびに、小説とは何なのだろう、と考えさせられてしまいます。小説とは何か、という問いを立てると、その問いは、自分自身に返ってきます。批評することは、かならず自分に跳ね返ってくることですから、考えさせられてしまうのです。そして、その問題に立ち向かうと、「文学を含め、芸術というものは、人の役に立つのか」という基本的な問題に立ち返らざるをえなくなるのです。つまり、人が生きていく上において、芸術は必要なのか、ということになってきます。

中国の戦国時代に墨子(ぼくし)という思想家がいました。

墨子は、どこでいつ生まれたかということや、その育ちははっきりしていません。戦国時代の思想家と申し上げましたが、思想家であると同時に、物理学者だったのではないかと私は思っています。物の原理に対して卓越した思想を持っており、武器などを発明もし、城の守りかたも非常に合理的です。墨子に関する有名なことばは、墨(ぼく)

守（しゅ）、です。この人が守る城は難攻不落で、一度も落ちなかったからです。

また、かれは、墨子集団、墨子教団といってもよいような、物理における高い技術をもった特殊技能集団を抱えていました。中国の戦国時代にはすでにそういう人たちが活躍しており、精神的な華美、たとえば音楽を楽しんだり、死者を尊ぶがゆえに厚葬と呼ばれる派手な葬儀をおこなって家財を浪費するような儒教的なふるまいに対して痛烈な批判をおこなっています。現代でも、あんな派手な葬式をして、などといわれることがありますから、儒教と墨子教団の思想的な対立は、あんがい現代にも通じることかもしれません。

墨子は、非楽（ひがく）という思想のなかで、

「儒教は、音楽や芸術というものをたいそう尊重しているけれども、はたして人間の生活にそのようなものが必要なのか」

ということをとなえています。要するに墨子は、音楽がなくても人は生きてゆける、と主張したのです。現代でも、ポピュラー音楽にせよ、クラシック音楽にせよ、音楽、ひいては芸術がそれほど人生にとって必要か、という疑問が呈されることがあります。芸術や音楽を重んじた儒教を批判するためとはいえ、紀元前の中国で墨子がだした疑

問が、現代まで続いているのです。
一般の企業においても、学校の授業においても、芸術というものに対する価値観や
それらをどう意義づけるかということは、人によって大きく異なるだろうと思います。
私自身、小説を書いていて、小説はいったい何の役に立つのか、ということについ
てずいぶん考えてきました。これに対する私なりの答えは、
「芸術は、役に立とうが、立つまいが、そうした利益を超越したところに存在するも
のだ」
ということです。
それは、無益であるがゆえに、有益にまさる益をもっている、ということなのです。
一般的に考えられている、利益や有益というものを超越していく利益を内包している
のです。そういうものでありたいし、そうでなければならないと思っています。
私は、墨子から、あなたの書いている小説はなんの役に立つのかと、批判されたら、
やはり、小説が芸術のひとつだと思えば、有益とか無益といったことを超越してある
べきである、と答えるだろうと思います。

●文学における独自性とは

さきに、文学臭をなくすという話をしましたが、若いうちに文学を志した人が、自分のオリジナリティをうち立てるのは大変な作業だと思います。

人生経験が少ない新人作家が、独自性があって、小説読みのベテランの人たちを感心させるくらいの小説を書いたとすれば、その小説は体験的な作品ではないといえるでしょう。

ではそうした人生経験の浅い若い作家はどのように作品を作っていくのか。

私自身、小説を書くことを志したとき、どのようにしたのかを真剣に思い返してみました。私は、英文科の出身なので、卒業論文でひとりの英米の作家を選んで、その人の作品を読み解く、あるいは、自分自身のなかでその解釈を高めるという作業をしなくてはなりませんでした。卒業後、小説を書いていくつもりならば、そのまえの試作を読んでくださる専門家、つまり教授にひとつの驚きを与えるくらいの卒業論文を書かなくてはならない。学生としては大変な作業でしたが、幸運なことに私の通う早稲田大学には小沼丹（おぬまたん）という教授がいらっしゃった。小沼先生は、第三の新人という戦後の作家グループのひとりです。遠藤周作、安岡章太郎、吉行淳之介など、それぞれ豊かな個性をもった小説を書く、第三の新人としてゆるやかにくくられるそのなかのおひとりでした。

小沼先生は芥川賞候補になり、のちには直木賞候補にもなられたかたでしたが、残念ながら受賞はされませんでした。私は、賞のことは別にして、小沼先生に対して、よい作家だ、という認識をもっていました。よい作品を書く作家で、しかも英文科の教授で、この人なら自分の書く卒業論文を作家の目で読んでくれる、と思ったのです。そこで私が選んだのは、エドガー・アラン・ポーでした。

ポーは、アメリカの作家で推理小説の創始者ともいわれています。ポーの初期作品は、『黄金虫』という小説なのですが、これは実はフィラデルフィアの『ダラー・ニユースペーパー』という週刊誌の懸賞小説だったのです。一八四三年六月にこの作品が一等賞を取り、同誌に掲載されました。『黄金虫』は、海賊が残した宝物を発見するという話です。一見、冒険小説のようにみえますが、実はこの作品は、後に象徴主義という文学運動が興っていく始発点になるような作品なのです。ポーの作品に端を発した象徴主義は、フランスにわたって、ボードレールという詩人が受け継ぎ、ついでマラルメ、ヴァレリー、というようにフランスで発展していきます。

その象徴主義という手法は、小林秀雄流にいうと夾雑物(きょうざつ)を省いて純化していく運動です。日本にはそんな運動は興らなかったわけですが、この象徴主義の運動がどういう運動だったかは、この『黄金虫』を読めばよくわかります。夾雑物を省いて純化していく、というのはどういうことか、どのようにするとそういうふうになるのか。私の卒業論文がポーだったので、私も象徴主義の洗礼を受けることになってしまいました。

小説を書く手法というのはいろいろあると思います。

作品の組み立てかたは、いろいろ考えられると思うのですけれども、私は自分自身の人生体験の少なさから、明確な文体を築いていかなくてはならないと思いました。そこで、やはり象徴主義的な考えかたが、もっとも理論的に小説を組み立てられると信じたのです。いまの時代、象徴主義の洗礼を受けた人は少ないということは、多くの小説を読んでみればわかります。象徴主義を主軸にして小説が回転していくという手法があまりみられません。たまにそういう人を文学賞の新人賞でみかけると、私はとても嬉しくなります。それは手法としては理にかなっているからなのです。

どういうことかということをもう少し詳しくお話ししましょう。

『黄金虫』にはいくつかの翻訳版がでています。私がもっているひとつは岩波文庫版、いまひとつは新潮文庫版です。書きだしは、
「もうよほど以前のこと」（新潮文庫）
「かなり以前のこと」（岩波文庫）
と、なっています。
原文は、「Many years ago」です。中学生でもわかる英語です。昔、とか、以前と訳せばいいのです。
これはなんの気なしに読むことができますが、白川静先生の本を読んで、漢字の原義や、正しい意味を考えていたときに、英語の綴りというものはどのようにできるのだろう、と思ったことがあるのです。漢字は象形文字が多いので、みた象（かたち）からその意味が推測しやすい。けれども横文字の場合はどうなのだろうと考えました。英語の語源辞典を買ってきて調べたこともありますし、英語塾で子どもに英語を教えていた三十代のころに、英語をつくづく眺め、そのことについて考えました。
たとえば Many years ago は、かつて、以前、昔という意味ですが、これを表現するのに、Many years ago 以外に、なにか考えられないだろうかと思ったのです。

ポーという人は Many years ago でなくてはならないと考えている人です。それが象徴主義の出発点です。言語を必然的な置きかたをするというのが象徴主義です。こういう言語の置きかたしかなく、最も純度が高いありようを選ぶというのが、夾雑物を省いていくということなのです。他の表現ではだめなのです。このmanyという言葉が非常に重要で、英語のmというのは、ミリオン（百万）、マップ（地図、すなわち多くの国がある）のmです。つまりmは多さ、豊かさを表す出だしなのです。aは、丸くてくるんだもの、たとえば、アップル（りんご）がちょうどそうなのです。豊かなものが丸まってくるまってつつまれているというイメージです。

そうすると、この作品の核心には豊かな物がくるまれているがゆえに、manyという単語から始めなくてはならなかったのではないか、と気がついたのです。

第二次世界大戦後、フランスではヌーヴォー・ロマンという文学運動が興りました。残念ながら日本は文学運動がほとんど興らない国です。たしかに、自然主義とか、プロレタリア文学などが興ってはいますが、それによって、新しい文体が生みだされたりはしていないため、文学運動とはいえないのではないかと思います。堀辰雄は、プロレタリア文学は革命的のようにみえるが、文体に着目すると、それは古くさく、まったく革命的ではない、といっていたように憶(おぼ)えています。そこで、私はフランスの文学運動を取り入れて、新しい小説を作る糧にしたいと思っていた時期があるのです。

●文体研究から中国古典へ

少し話はあともどりしますが、ジャン・リカルドゥー（Jean Ricardou）という人の『小説のテクスト』（野村英夫訳、紀伊國屋書店、一九七四年七月）が刊行されました。リカルドゥーの名は、フランスの新しい小説の旗手たちが刊行していた雑誌『テル・ケル』で知っていました。かれの本のなかの「『黄金虫』の解体」という論文を読むと、ポーはそこまで精密に小説を構成していたのだ、と大いに腑に落ちるものがありました。これは名論文です。

語り手である「私」の友人、ウィリアム・ルグランは、サリバン島というところに住んでいるのですが、ポーにとって、ルグランにどうしてもそこに住んでもらわなくてはならない必然性があるのです。ポーという人は、自分のすべての小説の構造から考えて、

「これは、ここでなくてはならない」

というように作品を組み立てていきました。リカルドゥーがこまかく指摘しているように、小説の構造のなかで、すべてに必然性をもたせているのです。

二十代の私は、この洗礼を受けて、小説を書いていました。

ところが、三十代になると、ポーのさきにゆこうともがきつつ、新小説をためしながらも、歴史についての知識不足におびえていました。

中国の歴史、日本の歴史を知るために、会社を辞めて自由な時間を作って勉強をはじめたのに、こういう文体の追求ばかりをやっていて、歴史に対しての取り組みがかなりおろそかになっていました。

正直なところ、歴史に入っていく道はたいそうむずかしいのです。

日本の歴史は確かにおもしろい。

中国の歴史もある意味でおもしろいけれども、ではいったい日本人にとって、中国の歴史が何の役に立つのか。

これは、音楽や芸術が何の役に立つのかということと、同じような論理になるのです。あるいはその歴史が自分に何をもたらしてくれるのか、と考えてゆくと、自分自身でも非常にわかりにくくなってきてしまって、歴史に入っていく道がみつからなかったのです。

中国の歴史を学ぶことの意味を考えつづけ、本当の興味をもつことができなかったので、中国の古典に触れていた時期はあったにもかかわらず、歴史の奥底にまで入ってゆくことはできませんでした。

そんな時、日本の財界人について調べて、その人と、中国の古典とをうまく絡めて、読者に紹介するという仕事がきたのです。日本を動かしている人たちは、どんな中国の古典を読んできたのかを知らなくては、何もできないだろうと思い、文学の文体研究と並行して、中国古典の勉強をはじめました。

政財界の人々は、学ぶことによって何かを超越してゆこうとしたのではなく、明らかにそこから何かを得、心の糧にしようとして読んだのだ、ということはよくわかっていました。しかし、そこから何を得たのかを知っておく必要が生じたわけです。それは自分の意志ではなく、むしろ仕事として、押しつけられたようなものでしたが、それが私が中国史へむかうとても重要なきっかけになったのです。

●中国古典について

私は漢文には未熟で、漢文を原文のまま読むことができなかったので、それらを読むときは、訳や注がついた本でなくてはなりませんでした。なかでも一番良かったのは、明徳出版社が出している「中国古典新書」シリーズでした。

財界人を探っていくうちに、この人はこれを読んだにちがいない、あれを知ったにちがいない、と考えられる本を、実際に読んでみるうちに少しずつこの仕事もまとまってきました。

ある意味でいうと、こういう古典というのは、誰が、どの時代に書いたものかという歴史よりもむしろ、その内容のほうが重要です。人間がどう生きるべきかという倫理書として、どう人と接するべきか、どう人をおさめるべきか、上にたった人間はどういう行動をすべきか、ということが、書かれているものです。ですから、読者に、直に精神的利益をもたらす本なのです。

●呻吟語（しんぎんご）

最初に挙げておきたいのは呂坤（りょこん）（一五三六～一六一八）が書いた、『呻吟語』です。

これは、自己規律に関してたいそう厳しい本です。例えば、

「いつも精神を心の眼目にすえておけば、主体性が確立して、外物と応対する際に惑わされない。ただ一旦目がくらんでくると、いい加減に応対するようになる。時として偶然道に合致することがないわけではないが、結局、心中に体験するのでなければ、長足の進歩はあり得ない。たとえば夢の中で食事するようなもので、腹の足しにはならないのである」（荒木見悟訳注、講談社学術文庫、一九九一年三月）

とあります。

つまり、修養の手段が書かれているわけですが、こうしたことは、日本の古典などには決して見られないことです。ほかにもいろいろな精神の錬磨の手段が書かれていますが、相当厳しいことばかりです。それらをすべて実行しなさい、というのです。

私は、作家として立ってからしばらくの間、座右に置いていたのが、この『呻吟語』でした。

「この道はそんなに甘くない。己にもっと厳しくしていかないと」

とおもい、『呻吟語』を脇に置いて自分を戒めていた時が十年ほど続きました。それくらいの覚悟がないと、人間というものは、自分の為すべきことを為せないという

ことなのです。

私は、過去の政治家、財界人たちはきっとこれを読んで、自分を厳しく戒め、律していたのだろうと思い、いまだに人に薦めています。

●明夷待訪録（めいいたいほうろく）

これも過去の政財界人が読んだにちがいないと思い、目を通した記憶があります。

この『明夷待訪録』は、黄宗羲（こうそうぎ）（一六一〇〜一六九五）という人が著者です。明代（みん）の生まれとあります。では、明夷というのは何か、ということは解説のなかで、『易経（えききょう）』の明夷の卦（か）だと書かれています（『明夷待訪録』濱久雄訳注、明徳出版社、二〇〇四年三月）。

易（えき）は日本でいう八卦（はっけ）ですが、そのなかの明夷というのは、解説にしたがえば太陽が地下に没し、暗黒の夜となる表象で、つまり暗君が君臨し、多くの賢人が傷つけられる卦のことです。このような時には、苦労して正しい道を固く守るのがよい、とされており、そこからついた書名なのです。

そこでは明が滅亡した現実が問われていて、日本人には理解しにくいかもしれません。「明夷」は、また、「殷の箕子が用いた道」です。私が書いた小説『王家の風日』は、殷の箕子と紂王の物語ですので、明夷については予想はつきました。私自身がこのあたりから中国の歴史に入っていったので、明夷についても、ああそういうことなんだな、となんとなくわかります。殷が滅亡したとき、箕子は死なず、あらたな国家を模索したのです。

中国人は、そういうところから思想を発展させていくのだなと感心し、この『明夷待訪録』は読まなくてはならないと思ったのです。

日本の先人たちもこういう書物を読んできたと思います。

●陰騭録

明の時代の袁了凡が書いた書物です（石川梅次郎、明徳出版社、一九七〇年八月）。

中国は、後の時代になってくると、儒教と仏教と道教、三教の関係を考えるようになってきました。儒教、仏教、道教、道教については老荘思想といいかえてもよいのですが、その三つのよいところを組み合わせて思想を成り立たせるか、むしろ峻別してひとつを信ずるしかない。これが官民の考えかたです。

実際に生活していく人たちは、ふつう、いろいろな思想を自分のなかで混在化させて、あるいは、融合させて生きていかなくてはならない。しかし、逆に考えると、それは三つの思想をもっている幸せ、といえるかもしれないのです。これはヨーロッパ人にはありえないことです。この恩恵を被るのは中国とその周辺部、儒教と仏教が入ってきた日本であるといえると思います。道教は、日本には入ってきづらかったかもしれません。とにかく、それら三つの思想を、人が生きていく上で、どう活(い)かしてゆくのかということを考える書ということになると思います。

●春秋繁露(しゅんじゅうはんろ)

これは前漢の時代の名著です（日原利国編著、明徳出版社、一九七七年十二月）。ただし、これは政財界人が読んだとはあまり思えないのですが、読んでおくべきだと思いました。董仲舒(とうちゅうじょ)が著した書で、中国史の学者が必ず取り上げます。このあたりになってくると、私自身も中国の歴史に近づいてきて、政財界の人々とは別に、中国の古典としては絶対に読んでおかなくてはならない本として自分の勉強のために読んだのかもしれません。十七巻から成り立っています。かれは『春秋公羊（くよう）伝』を研究し、なぜ災害や怪異が起こるか、その原因をつきとめようとした。

董仲舒という人も大切で、後の時代にはよく聞かれる名です。内容はともかくとしても、まずそれだけでも知っておかなくてはならないでしょう。

●牧民心鑑（ぼくみんしんかん）

まず、牧民ということばに驚かれるのではないでしょうか。（林秀一訳注、明徳出版社、一九七三年十月）。

民を家畜のように飼育する（民を養う）、という意味のこんなことばは、日本にはありません。私は、牧というこのことばに非常に衝撃を受けました。しかし、古い時代から牧という文字は使われていました。中国の考えかたはずいぶん違うものだなと思います。

行政官のなかには、牧民という思想があるということでしょう。こういうことばに触れていくだけでも自分がもっていた硬い殻がすこしずつ破れてゆくような気がしました。これは明の時代に作られた書です。

●三事忠告

日本の政財界人は、戦前も戦後も、この書（倉田信靖訳注、明徳出版社、一九八八年十二月）をそうとうに読んだと思います。それは自分のなかで実感としてわかります。私もこれを真剣に読み、今でも忘れられません。

中国の人があたりまえで常識だ、と思うことのなかに、私たちにはまったく理解できないものもあります。『三事忠告』は「牧民忠告、風憲忠告、廟堂忠告」の三つから成り、張養浩（一二六九〜一三二九）の撰による書です。古くは、行政的な職務のことを事（あるいは司）といった。そこで三事とは、司土、司馬、司工を指し、それぞれが人民、治安、生産をつかさどったのです。

とにかくこれは、行政官の聖書のようなものといえるでしょう。小説を書こうとしはじめた私にはまったく関係のないものですが、実質的に組織の運営に関わっている人たちが益になる本は何なのかということを調べたかったので、この『三事忠告』も、真剣に読みました。ちなみに張養浩は漢人として生まれながら、元王朝に仕え、宰相となった人です。

小説の世界から離れて、歴史にもまだ入っていかない自分があって、その間にある倫理的なものとか、自己規律的なものとか、経営的なものとか、そういう今までの自分の体験のなかにないもの、また、歴史の教科書では知り得ないもの、その中間にこういうものがあるのだ、ということが、文学と歴史の間にあるものなのです。

人を治める立場の人が書いた善導（ぜんどう）の書が多いことは否めません。地方行政官のような、中間管理職的な人たちにとっては、それらは良い書物かもしれません。現実的にいうと、こういうものを読んでいかないと、人を治めるとき、何をどうすべきかということがわからないのではないでしょうか。こういう手本があって、その上で日本の政治家も日本をどうすべきかということを考えていた時期があったということをふまえると、私も真剣に読まなければいけないと思いました。読んだことのないかたは、前述した書物は、自分なりに熟読したという記憶が残っています。ですから、お読みになってもらいたいです。過去の人はこんなことを考えて政治をし、会社を運営していたのかと、驚いたり、感心したり、ときには首をかしげたりしても良いので、読んでもらいたいと思います。

●**菜根譚**（さいこんたん）

この書が、私にとってもっとも重要であったかも知れません。いまだにみなに広く読まれている『菜根譚』という書です。岩波文庫あるいは東方書店の単行本がおすすめです。

これは仏教と儒教と老荘思想の三つの思想をうまくとけ合わせて、倫理的なものを表現した本で、この本のおもしろさは、中国ではほとんど評価されなかったということなのです。日本に渡ってきて、日本人がとても好み、評価が高まった本です。それくらい日本人の考えかたと、中国人の考えかたはちがっていて、日本人に受けたという本なのです。その理由のひとつに、仏教的な要素が強いということがあると思います。ヨ本人には、やはり仏教的な話は受け入れやすいのです。私事になりますが、『菜根譚』については、妻の書道の先生が好んで読まれていたそうで、私は妻から教えられました。ちなみに『菜根譚』の引用文はすべて岩波文庫（今井宇三郎訳注、一九七五年一月）からの抽出です。

「敗後或反成功」

敗後に或（あるい）は反（かえ）って功を成す――物事は失敗を経験した後に、かえって成功の機をつかむことが多い、ということです。

そうかもしれない、とは思うけれども、こうやってはっきり書かれていると、そうだ、と、腑に落ちるのです。これが人間にとっては大事なことなのです。そうだろうな、という曖昧(あいまい)な感じではなく、自分のなかでそうだと得心しないと、物事は成功していかないのです。このことばだけおぼえて、確信し、胸のなかに貼りつけておけばよいのだと思います。

逆説的には、失敗すれば、むしろ成功できる、ということなのです。失敗しないと成功しない、または、大いに失敗しなさい、でないと大いに成功できません、ともいいかえることができます。だから失敗しても投げだしてしまわないこと、ということです。これはあえていえば、老荘思想的な発想です。

「柔よく剛を制す」

ということばがあるように、弱いから強くなれる、というのは、老荘思想です。柔道でも、小さい人が大きい人を投げ飛ばす、日本人はこのような考えかたが好きです。だいたい、日本自体が中国に比べて小さいので、小が大を制するという発想が好きなのでしょう。

「福莫福於少事」（福は事少なきより福なるはなし）――人生における幸いは、何よりもできごとが少ないことほど幸いなことはない、という意味ですが、これも老荘思想的なもので、特に老子的な発想です。無事が一番よい、ということです。そういう発想も日本人はすんなりと受け入れられると私は思います。こういういいかたに満ちているわりに、『菜根譚』は、失敗するほうが成功できる、といった逆説的なこともいうし、いたって平凡であるようで非凡なことをいうのです。

　恩を施す者は、内に己を見ず、外に人を見ざれば、即ち斗粟（わずかなもの）も万鍾（多くのもの）の恵みに当たるべし。

つまり、人に恩恵を施すときには、施したことを忘れなさい、ということです。そういうことは自分でも思うことはありますが、こうやって書かれると、私は、やはりおなじようなことを考えている人もいるのだな、と納得し、人とのつきあいかたを確認していく作業をしていくことになるのです。あの人にこうやってあげた、だからいつか恩を返してくれるだろうなどと、思ってはならないということです。恩を施してやったから、いつか見返りを、と思い続ける人生はわずらわしい。それよりも、ほんとうにしてもらったことには、いつか恩返しをしたい、と思って生きていくほうが純粋で、楽に生きていけるだろうと思います。そういう処世術的なことや精神的な処置のしかたもここには書かれています。この『菜根譚』を読むことは、私にとっては確認作業に近かったかもしれません。きわめて独自性の強い思想ではありません。なるほどな、と思うことばが連続している本です。日本人には過激な思想よりも、そういうほうがあっているのかもしれません。

なるほど、が連続していくなかで、ときどき非凡な発想がでてくるのです。

最後に私を救ってくれた文を紹介します。

己（おのれ）を舍（す）てては、その疑いに処（お）ることなかれ。その疑いに処れば、即ち舍つるところの志、多く愧（は）ず。

――身を捨ててそれにとりかかったら、けっしてためらってはならない。ためらっていては、せっかく、身を捨てるほどの初志をも恥ずかしめることになる。

　私と妻が貧乏生活をしていて、ああ、もうダメだな、と思ったときがありました。小説を書いていくにしても、このままだと小説家として立てないし、妻にも迷惑をかけてしまう。

　『論語』にこうあります。

「四十五十にして聞こゆること無くんば、これまた畏るるに足らざるのみ」

　四十歳、五十歳になって、評判が立たないような人に注目してもしかたがない。それを知っている私は、四十代のなかばにさしかかったとき、おのれの凡庸さを嘲い、筆を折ろうと決めました。小説への未練を断ち切って、ここまで尽くしてくれた妻に、これからは自分が尽くすことにしたのです。とにかく小説世界から離れるために、あれこれ整理をしはじめました。

　その時にいまいちど、これを読みました。

　なんのためにあなたは最初に志を立てたのですか、と、本は問いかけてきました。いまごろ志を捨てるのだったら、志など立てるな、ということなのです。それを読んだとき、そうだな、と唇を噛みました。こんなふうに小説をやめようとする自分があるということは、小説家になろうと思って立てた自分の志を辱しめることになる。それは人を辱しめるのと同じことで無礼なことなのです。死ぬつもりでやれよ、というようなことをこの文で教えられました。これを読んで筆を折ることをやめたのです。そういう経験もあったので、自分のなかでことさらに印象が強いのかもしれません。

いままで挙げた本は、どれも、昔の財界人と政治家が読んでいたという認識をもってもらいたいと思います。抽象的な表現ではなく、ああしなさい、こうしなさい、と直にいっている場合が多いので、いまの人が読んでも、生きていく上でのなんらかのヒントを得られると思います。

日本の本にはぞんがいこういう書物が少ないので、中国の智慧(ちえ)を借りるつもりでお読みになればよいでしょう。

文学と歴史の間には、いうまでもなく『論語』『孟子』『荀子(じゅんし)』などの有名すぎる倫理書があります。とにかくそれらとは別に、こうした実利的な道徳書があって、私はそういう読書体験をしてきたわけです。それで、最後にたどり着いたのがつぎの本です。

●宋名臣言行録（そうめいしんげんこうろく）

この本は、以前、徳間書店（和田武司訳注　一九七六年五月）から刊行されていましたが、いまはちくま学芸文庫（二〇一五年十二月）で入手できます。

これも、ぼんやりと手に取ったわけではなく、政財界人に読まれている本のひとつのつもりで読んだのです。

『宋名臣言行録』を書いたのは朱子（しゅし）という思想家です。

朱子は、あまり日本では評判がよくないかもしれません。江戸時代は朱子学はもてはやされましたが、明治以降になってくると、堅苦しい学問で、のびやかさがないという理由で、朱子学を嫌う人が多くなります。けれども、私はそうした先入観をもたないで、この本を読むにあたって、宋というのはどういう時代だろうか、ということを知りたいと思い、読みはじめました。司馬遼太郎さんは日本の幕末について、革命はおびただしく血を要求するものだ、と述べておられますが、中国の革命もおなじで、流血の上に新たな天下王朝が樹（た）ちます。しかし宋王朝の場合は、めずらしく、あまり血のにおいがしません。その後の宋の時代は、武の時代ではなく、文の時代、柔らかい時代だというのが私の印象です。そのなかで、名臣といわれた人たちはどのように皇帝に仕えたり、善政をおこなったりしたのだろうということに興味もありました。太祖と呼ばれる趙匡胤の中国統一を助けた、第一の功臣とされる人に趙普がいます。この人がいなければ、天下統一は成らなかったでしょう。

この本で最初にでてくるのは、やはり趙普です。

・趙普

太祖・趙匡胤は、時折、お忍びで外出し、臣下の家を訪ねたりしたのです。臣下の者は、いつ皇帝が自分の家にくるかわからないので、気がやすまらなかった。ですから、趙普もつねに衣冠を脱がず、いつ皇帝がたずねてきてもよいようにそなえていました。

すると、太祖がやってきたのです。しかも大雪の夜です。

さすがの趙普も、こんな大雪の夜には、いらっしゃらないだろう、と油断をしていたのでしょう。しかし、夜が更けてから、戸を叩く人がいる。誰だろう、と扉を開けると、趙匡胤すなわち皇帝だったのです。このおもしろさに、私の心はとても撼きました。日本にはこんな話はないでしょう。

皇帝が夜が更けてから大雪の日に臣下の家を訪ねるということ自体、奇談ですね。趙普という人の油断のなさ、しかし今日はこないだろうという意表をつかれた感じもよくわかります。当然、趙普は、どうしてこんな日にいらっしゃったのですか、と訊いたにちがいない。

そうすると太祖は、晋王（弟）と待ち合わせるためだ、といったのです。はたしてその晋王も後からやってきたのです。趙普は大変です。二人を座敷に案内して、それから炭をおこし、肉を焼いてすすめた。趙普の妻もでてきて、酒の相手をしたので、太祖は感激して、彼女のことを、姉上、と呼んで親愛の情を示しました。

「このような寒い雪の夜中に、どうしてわざわざお越し下さったのでしょう。なにか特別な理由でもございますでしょうか」

皇帝と晋王をもてなした趙普がそうたずねると、皇帝の答えは、意外なものでした。

「寝つかれないから」

なにか政治的な問題があって、緊急にきたわけではない。ただ、寝つかれない。自分には寝台がひとつあり、ほんとうに自分の居場所というのはその寝台ひとつだ、それ以外は、すべて他人の家だ、というのです。原文がなかなか良いです。

「一榻（とう）の外、みな它人（たにん）の家なり」

榻は寝台と訳してよいと思います。原文では、他人の他という文字は、它という文字を使っていますが、他人ということです。つまり皇帝でありながら、寝ている寝台しか、自分の居場所がないのだ、といっているのです。

このさみしさ、孤独さというのは、最高の権力者にはつねにつきまとうものかもしれませんが、中国の王朝は、巨大な組織であるがゆえに、皇帝の孤独というものがいっそう沁（し）みてくる感じがしたのです。

これが、人か。これが歴史なのか。これが組織なのか。

一榻の外、みな它人の家なり、という一文に衝撃をうけて、ようやく人というものがはっきりとわかったような気がしたのです。いままでずっと小説を書こうとしてきた自分は、小説の作りかたとか、展開のしかた――最初に申し上げた象徴主義は、そのためにお話ししたのですが――こうでなくてはならない、という枠のなかに歴史もなにもかもすべてを寄せて書いていこうという自分があったと思うのです。ところが、これを読んだときにそういう枠がはずれたのです。

自分の世界の外に立っている人が、そこではじめて見えたのです。

窓をあけると、そこに人がひとり立っていたというような感覚でした。自分がいままで見てきた人は、自分の想念のなかにいる人ばかりで、実在する人を見ていなかったのではないか。

朱子が書いた話なのに、人をはじめて感じました。私はいまだにこの本は自分自身の転機になったものであり、自分の物の考えかたを根本的に変えてくれた本だと思っています。小説の書きかたの、転轍機（てんてつき）といってもよく、忘れがたいのです。この一文がすべてだったかもしれません。

くりかえすことになりますが、この孤独感は、いまの日本の財界のトップの人にも当てはまるかもしれないし、政治家のトップにも当てはまるかもしれない話かもしれません。それほど大組織を動かす人間というのはさびしいのかもしれないという認識をはじめて与えてくれた本です。

趙匡胤をとても好きになりましたし、宋という王朝にも親しみがわきました。

・**呂蒙正**（りょもうせい）

「知るなきにしかず」

呂蒙正という人は、文人官僚です。新進官僚の筆頭だったようです。「知るなきにしかず」というのは、このようなことです。呂蒙正が執政に登用されて、宮廷入りしたとき、簾（みす）のかげから悪口をいわれたけれど、聞こえないふりをして通り過ぎました。するといっしょにいた者が、

「あそこであなたの悪口を役人がいっていましたよ。だれが悪口をいったのか、調べてきます」

と、ただそうとしたのです。

　すると、呂蒙正は、

「やめておきなさい。相手の名を知ってしまうと、その人を生涯忘れられなくなるから、知らないほうがいい」

と、いった。たしかに悪口をいった人間など、知らないほうがよいのです。知ってしまうとずっとその人のことを憎まなくてはならないし、気にしなくてはならない。自分にとってそういうことは利益にならない、といっているわけです。そのころの自分の生きかた、倫理観とはずいぶんちがったので、なるほど、そうか……と思ったことを憶えています。

知ったからといって、利益になるわけではない。知らないほうがいいことは、世の中にたくさんあって、それらを知らないようにして生きていかなくてはならない人もたくさんいるのです。

とくに人の上に立つ人は、いちいち咎めだてしていては大変で、らちがあきません。そういうことを通り過ぎていかないと、政治というものはできないのだと思いました。政治家だけではなく、一般の人でもそうでしょう。だれが自分の悪口をいっていたかということを知って、なんの益になるだろう、ということです。

単純なことのようですが、私はこの本を読むまで、そのことに気づきませんでした。若いころの私は、神経質なたちで、気が短く、ちょっとしたことでもすぐに腹を立てる人間でした。ある人から、

「そんな短気で小説家になれるわけがない」

と、皮肉をまじえていわれたこともあります。

中国の古典に関連する本を読むうちに、こんなことばに出会いました。

学問をするのであれば、人格が変わるくらいやらなくてはならない。別人ではない

かと思われるくらいに変わらなくては、本当の学問をやったことにはならない。

知識がいくら増えても学問ではないのです。その人が本当に変わった、というくらいになってこそ本当の学問です。

これを読んで、学問のありかたというものに対する認識も非常に変わりました。人が変わるくらい学問するというのはどれくらいのことか、おわかりになるでしょう。うわべではなく根元的に変わらないと、人というのは変わりません。ただ知識が増えたとか傲慢になったとか謙虚になったとかいうのではなく、人変わりしたと思われるくらい学問をするというのはどういうことか。私は心底、自分を変えてみたいと思いました。

・杜衍と范仲淹

「時流に流されて信念をまげるようなことはするな」

原文は「時の上下するところとなるなかれ」です。

杜衍のことばです。かれは、四代目皇帝の仁宗のときの宰相ですが、名誉などというものは国家から支給されたものにすぎず、それらをぬげば、一介の書生にすぎない、と考えていた人です。同感ですね。

最後にご紹介するのは、范仲淹です。信念の人といってよい。有名なのは、

「先憂後楽」

ということばです。先憂後楽というのは、四字熟語的に憶えてもらいたいくらいで、原文は、

「士は天下の憂いに先だちて憂え、天下の楽しみに後れて楽しむべし」

です。つまり心配する時は、人よりも先に心配し、楽しむ時は、人が楽しんでから遅れて楽しめばいい、という意味なのですが、これも自分のなかに沁みてくる度合いが深いものでした。ついでに申しますと、小石川後楽園というのが東京都文京区にありますが、水戸藩主の徳川頼房（よりふさ）が、江戸の上屋敷に庭園として作ろうとしたものが後楽園です。完成したのは二代目、水戸光圀（みつくに）の時でした。

光圀は、朱子学、宋学を受け入れてしまいました。宋学というのは、宋の学問ですが、主に朱子学を指します。水戸家に朱子学を入れてしまったことが、のちのちまで水戸家に翳（かげ）を落とします。

朱子というのは、大義名分を主張した人で、人間を、歴史も含め、善と悪に分けてしまうところがあるのです。忠臣と叛臣に分けてしまうのですが、叛臣というのは、天下に背いた人ではなく、天皇に対して背いた人のことを指すのです。ですから、いかなる事情があっても、その人に非がなくても、天皇にさからったりしますと、すべて叛臣になるのです。

そのように歴史を勝手に分類して作ったために、水戸家が編纂した歴史書『大日本史』は、評価が低いのです。私は光圀が嫌いではないだけに、もう少し違った思想で歴史を編纂すれば、もっと評価が上がったのにと残念に思います。たとえば、思想的なすじが通っていなくても、呂不韋（りょふい）が編纂させた『呂氏春秋』のような叢書（そうしょ）であってくれたらどれほど後世の者がたすかったかしれない。それはそれとして、范仲淹の先憂後楽がもととなって後楽園と名づけられたのは、あきらかです。

朱子はあまりにも物事を善悪に峻別しすぎました。江戸時代にはある意味においてそういうものが幕府にとって必要だった時もありました。多様な思想を入れてもらっては困るという時期があったため、学問を朱子学に統一して、思想を統制しようとしたこともあります。

朱子学は堅苦しく、狭さを持っている学問ですが、学問というものは、もう少しのびやかで、ひろやかであってほしいと思います。

けれども、朱子が編纂した『宋名臣言行録』は、私にとっては衝撃の書でした。いままでやってきた小説的な技法的なことを、こうした人物に使っていけるか、また技法と人物とを合体させられるか、ということを、ようやく考えるようになりました。

要するに、小説の上に歴史を置くのか、歴史の上に小説を置くのか、歴史と小説を融合させて初めて物事がなりたつのか、ということなのですが、その中間にそういうものがあったということが私の出発点だったのです。

いままで見てきたのは古典で、その奥に歴史の本体というものがあるわけですから、古典は歴史への橋渡し的なものだといえるかもしれません。歴史のおもしろさをじかに感じ、歴史をほんとうに好きになるのは誰にとってもむずかしいことだと思います。しかし、むずかしいからこそ、よりおもしろいという逆説的なことがあるのです。

日本の戦国時代については、『太閤記』『信長公記（しんちょうこうき）』『三河物語』など、生の資料をいきなり読むことはむずかしいので、たとえば司馬遼太郎さんの作品を読むと、それだけで、歴史がわかったような気になります。結局、中間的なものがないと多くの人は奥の世界へは入っていけないのですね。だから、私に関していえばさきに述べたような経緯があったことを、なるべく正確にお伝えしたつもりです。

第一章　光武帝・劉秀と呉漢……大手町アカデミア　二〇一八年一月八日講演
「光武帝と呉漢　リーダーのあり方」
対談　この皇帝にしてこの臣下あり……『中央公論』二〇一八年二月号掲載
「対談　ビジネス界も学んでほしい〝この皇帝にしてこの臣下あり〟」改題
第二章、第三章、あとがきにかえて……語り下ろし本書は文庫オリジナルです。

中公文庫

歴史を応用する力

2019年3月25日　初版発行

著　者　宮城谷昌光

発行者　松田陽三

発行所　中央公論新社
〒100-8152　東京都千代田区大手町1-7-1
電話　販売 03-5299-1730　編集 03-5299-1890
URL http://www.chuko.co.jp/

ＤＴＰ　嵐下英治
印　刷　三晃印刷
製　本　小泉製本

Published by CHUOKORON-SHINSHA, INC.
Printed in Japan　ISBN978-4-12-206717-2 C1195

定価はカバーに表示してあります。落丁本・乱丁本はお手数ですが小社販売部宛お送り下さい。送料小社負担にてお取り替えいたします。

中公文庫既刊より

各書目の下段の数字はISBNコードです。978－4－12が省略してあります。

み-36-1
奇貨居くべし　春風篇
宮城谷昌光

秦の始皇帝の父ともいわれる呂不韋。一商人から宰相にまでのぼりつめた謎多き人物の波瀾に満ちた生涯を描く歴史大作。本巻では呂不韋の少年時代を描く。

203973-5

み-36-2
奇貨居くべし　火雲篇
宮城谷昌光

「和氏の璧」の事件を経て、孟嘗君、孫子ら乱世の英傑と出会い、精神的・思想的に大きく成長する、青年呂不韋の姿を澄明な筆致で描く第二巻。

203974-2

み-36-4
奇貨居くべし　飛翔篇
宮城谷昌光

いよいよ商人として立つ呂不韋。趙にとらわれた公子を扶け、大国・秦の政治の中枢に食い込むための大きな賭けがいま、始まる！　激動の第四巻。

203989-6

み-36-5
奇貨居くべし　天命篇
宮城谷昌光

商賈の道を捨て、荘襄王とともに理想の国家をつくるため、大国・秦の宰相として奔走する呂不韋だが……。宮城谷文学の精髄、いよいよ全五巻完結！

204000-7

み-36-7
草原の風（上）
宮城谷昌光

三国時代よりさかのぼること二百年。劉邦の子孫にして、勇武の将軍、古代中国の精華・後漢王朝を打ち立てた光武帝・劉秀の若き日々を鮮やかに描く。

205839-2

み-36-8
草原の風（中）
宮城谷昌光

三国時代に比肩する群雄割拠の時代、天下に乱立する英傑と鮮やかな戦いを重ね、天下統一へ地歩を固める劉秀。天性の将軍・光武帝の躍動の日々を描く！

205852-1

み-36-9
草原の風（下）
宮城谷昌光

いよいよ天子として立つ劉秀。その磁力に引き寄せられるように、多くの武将、知将が集結する。光武帝の後漢建国の物語、堂々完結！〈解説〉湯川　豊

205860-6